講談社文庫

新装版

天使の傷痕

西村京太郎

講談社

天使の傷痕——目次

プロローグ

彼ハ、長イ間、ソノ問題ニツイテ、考エ続ケテキタ。怒リト憎シミ、悲シミト絶望ガ、彼ノ胸ノ奥デ交錯シタ。

彼ノ手ニハ、拳銃ガ握ラレテイタ。銃口ヲ自分ニ向ケルベキナノカ、彼等ニ向ケルベキナノカ、マダ、決心ガツカナイ。

怒リト憎シミガ強マッタトキ、彼ハ、彼等ヲ殺シタイト思ウ。彼等ハ、昔、彼ノ仲間ヲ殺シタ。シカモ、ソノ犯人ハ罰セラレナカッタ。殺人者ガ、罰セラレズニイルノダ。正義ハ、一体、何処ニアルノカ、マタ、彼等ガ、自分達ノ犯シタ過チヲ、償オウトシタ形跡モナイ。ダカラ、法律ニ代ッテ、彼等ヲ罰シテヤリタイト思ウ。自分ニハ、ソノ権利ガアルト、彼ハ思ッタ。

コレハ、単ナル復讐デハナイ。正義ヲ取リ戻スコトナノダ。

ダガ、悲シミト絶望ガ、襲イカカルトキ、彼ハ自殺ヲ考エル。銃口ヲ自分ニ向ケ、曳金ヲ引ケバ、ソレデ総ベテガ終ルノダ。彼ハ彼等ガ憎イ。ダガ、彼等モマタ、彼ノ同胞ナノダ。ソシテ、彼ノ心ニ、悪ガ消エテシマッタワケデモナイ。

彼ハ、自分ガ賢コク生レテシマッタコトガ、悲シカッタ。モシ、自分ノ知恵ガ、常人ヨリ遅レテイタラ、悩ムコトモナカッタト思ウカラダ。

彼ハ、拳銃ニ眼ヲ落シタ。果シテ、曳金ヲ引クコトガ出来ルダロウカ。彼ハ、自分ノ手ヲ見タ。

引ケルト思ッタ。拳銃ノ曳金ヲ引クコトグライ、自分ニモ出来ル筈ダ。ソウ考エタトキ、暗イ自嘲ノ影ガ、彼ノ顔ニ浮ンダ。

彼ハ、自分ノ身体ガ、微カニ震エルノヲ感ジタ。憎シミノ為カ、恐レノタメカ、彼ニモ判ラナカッタ。

フト、彼ノ頬ニ、涙ガ流レ落チタ。

第一章　陽光の下で

1

十一月十五日。月曜日。

田島にとって、久しぶりの休日だった。社会部の記者をしていると、事件に追われて、予定した休みが、潰れることが多い。

十五日に休ませて欲しいという希望は、大分前からデスクに出してあった。この休日だけは、ふいにしたくなかった。山崎昌子との約束があったからである。

昌子は、京橋にある商事会社で、事務員をしている娘だった。彼女の休みは、日曜日と決っているが、田島の方は、いつ休めるか判らず、デイトのチャンスが、なかなかない。それを、十五日だけはと、彼女に休暇願を出しておくように、云ってあった。それだけに、急に事件が起きて、折角の休日がふいにならないで欲しかった。

田島は、昌子と結婚する気でいた。知り合ったのは最近だが、交際期間の短さなど、問題ではない。

美人であることが、何よりも気に入っている。だが、骨と皮ばかりのような、ファッションモデル型の美人ではなかった。今年の夏、一緒に海に行って驚いたのだが、水着姿になると、意外に逞しかった。

昌子は、東京の生れではない。東北の農家に生れた。彼女の表現を借りると、「冬場になると、熊や狸が、家の近くまで下りて来るような」辺鄙《へんぴ》な部落ということだった。

昌子は、姉が、地主の息子と結婚したのを機会《しお》に上京した。四年前、十九歳の時である。

「だから、まだ訛《なま》りが抜けなくて、いやになるの」

と、昌子は、頻りに云うのだが、田島には別に耳障りではなかった。気にするほどのことはないのだ。それを云うと、昌子は、嬉しそうに笑ってから、「もしそうだとしたら、姉のおかげだわ」と云った。

昌子の話によると、彼女の姉は、小さい時から、訛りを直すように喧しく云ったらしい。東京に出る積りなら、そうした方がいいというのが、姉の持論だったと、昌子は云った。

この他にも、昌子は、よく姉のことを口にした。両親が既に亡く、二人だけの姉妹ということもあるのだろう。

いつだったか、「姉に、命を助けられたことがあるの」と、云ったこともある。それがどんなことか、田島は具体的に訊いたことはないが、彼女の姉に対する傾倒は、なかなかのものがあるようだった。

「私は、古い女よ」

と、昌子は、云ったことがあるが、これも、姉の影響かも知れない。

田島は、古い型の女が嫌いではない。チャカチャカした現代娘より、どれだけ良いか判らない。それに、昌子は、自分で云うほど、古い女には見えなかった。新しい知識も身につけているし、優柔不断な性格でもない。

2

幸い、休みをふいにするような事件は、起きなかった。心配だった雨もなく、からりと晴れた秋晴れであった。

約束した午前十時に、新宿西口の京王線乗場に行くと、昌子は、先に来ていた。

十月中は、郊外へ行楽に出かける人で賑わう新宿駅も、十一月の声を聞くと、さほど気温の差もないのに、待ち合わせの人の姿が、急に少くなる。暑かろうが寒かろうが、決った日に衣がえする日本人の生真面目さが、こんなところにもあらわれているのかも知れない。それに、今日は、ウイークデイだった。改札口も、切符売場も、閑散としていた。

田島は、ウイークデイで良かったと思った。押し合いへしあいや、だらだらつながって歩くのは、毎日のことで食傷している。

「切符は、もう買ってあるわ」

と、昌子は、二枚の切符を見せて云った。仕事に追いかけられている田島には、ハイキングの予定を立てるだけの閑がなく、静かな所がいいと、一つだけ条件をつけて、あとは、昌子に委せてあった。

「何処《どこ》へ、連れて行ってくれるんだね？」

「聖蹟桜ケ丘《せいせきさくらおか》」

「行ったことはないが、名前だけは知ってる。明治天皇の何かがある所だろう？」

「正直に云うと、私もよく知らないの」

昌子は、首をすくめて見せた。今日は、セーターにスラックスという恰好なので、そんな仕草をすると、いつもより子供っぽく見えた。

「駅の名前を見ていたら、一番ロマンチックな感じだったんで、買っちゃったの」

「無責任だな」

田島は、にやにや笑った。

「どんな所か、判らずに降りるのも面白いがね」

「案内所の人に、聞くことは聞いたのよ。切符を買っちゃってからだけど――」

「それで？」

「三角山という二百メートルばかりの山が、あるんですって。低いけど展望はいいし、サラリーマンには手頃な山だそうよ」

「成程ね。運動不足のサラリーマンには、二百メートルぐらいの山が、丁度いいということか」

田島の顔に、自然に苦笑が浮んだ。確かに、学生時代のような自信は、なくなっている。

京王線に乗るのは、半年ぶりだった。その時工事中だった場所に、五階建てのビルが出来、その地下がホームになっていた。蛍光灯の光で、ぴかぴか輝いているホームには、デラックスな感じだが、その代り、郊外へ行くという気持を、感じさせなくなってもいた。郊外電車が通勤電車に変ってしまったということだろうか。

改札口を通ってから気付いて、田島は、昌子の下げている布の袋を、持った。何か名前があるのだろうが、田島は知らなかった。中を覗くと、パンと海苔の匂いがした。昼の弁当も、昌子委せであった。

電車は空いていた。最初のうちは、いつもの通勤電車に乗っている感じだったが、調布を過ぎるあたりから、窓の外に、雑木林や畠が見えるようになり、郊外に出たという気分になった。

三十分ほどで、聖蹟桜ケ丘に着いた。

畠の中に、ぽつんと立っている小さな駅だが、電車から降りると、ホームの広告板には、土地分譲の広告ばかりが、矢鱈《やたら》に眼についた。この辺りも、土地ブームの波に洗われているようだった。改札口を出ると、駅前に、細長く商店街が出来ている。「街」というほどのものではなかった。写真の**D・P**屋、食堂、そば屋、それに土地の周旋屋の四軒が、商店街のすべてであった。

田島は、**D・P**屋で、予備のフィルムを買った。店の主人は、踏切りを渡って、真

直ぐ行くと、多摩川の河原に出ると、教えてくれてから、

「しかし、川の近くには、家が矢鱈に建っちまって、行っても面白くありませんよ」

と、云った。その割に、駅の周囲に人家がないのは、地価の関係なのだろうか。土地が高くなると、駅の周囲に、ドーナツ型の空地が出来ると、田島は、何かの本で読んだことがある。

「三角山というのは？」

と、田島が訊いた。

「川とは反対の方に、二百メートルばかり行くと、小さな山があります。それですよ。本当の名前は、和田山というんですが、恰好が三角なんで、土地の者は三角山と呼んでいます。低い山だが、見晴らしにはいいですよ」

「その山よ」

と、傍から昌子が云った。

D・P屋が教えてくれた方向に進むと、可成り広い舗装道路に出た。バスが通っているらしく、停留場の標識が立っていたが、車の姿は、なかなか見えなかった。恐らく、一時間おきぐらいにしか来ないのだろう。

その舗装道路に沿って、暫く歩くと、道の両側に、雑木林が多くなってくる。小さ

な橋を渡ったところに、駐在所があった。「南多摩警察署関戸駐在所」とある。関戸という言葉から考えて、昔、この辺りに、北条氏の関所があったのかも知れない。

左手に低い山が見え、「三角山入口」という道標にぶつかった。舗装道路から、細い道が分れていて、その山に向っている。

乾いた、埃りっぽい道だった。道の両側は、雑木林と段々畠で、刈り入れの終った畠には、働いている人の姿はなく、薄汚れた案山子《かかし》だけが、所在なげに立っていた。

周囲に人の気配がなくなると、昌子は、身体を寄せて、手を組んできた。

「歩きにくいな」

と、田島は、苦笑したが、勿論、言葉だけのことで、手の方は、かえって、昌子の身体を引き寄せていた。

静かであった。風もなく、晩秋の陽差しだけが、溢れるほど降り注いでいる。暖かいというよりも、暑いくらいだった。

歩きながら、昌子は、田島の肩に頭をもたせかけた。陽の匂いと、髪の匂いが、田島の鼻を擽《くすぐ》った。二人だけだという意識が、昌子を大胆にさせているのだろうか。

十分ばかり歩くと、道が二つに分れている場所に出た。この辺りまで来ると、段々畠はなくなり、紅葉の深い雑木林だけになった。

道標では、右が山頂への近道となっている。二人は、それに従って、右への山道を進んだが、歩くにつれて、道は次第に細くなり、生い茂った雑木林のトンネルを、くぐるような恰好になってきた。

樹のトンネルである。歩くにつれて、足の下で、枯葉が音を立てた。木の枝は、伸び放題に伸びていて、油断していると、撓《しな》った枝が、はねかえってくる。呑気に手を組んで歩いていられなくなった。二人で歩ける道幅もない。

「僕が先を歩こう」

と、田島は云い、拾った木の枝で、眼の前に垂れ下っている小枝や蔓を払いながら、進んだ。どうやら道標が間違っていたらしい。が、道が上りになっているところをみると、頂上に行けないことはないようだった。旧道に入ってしまったのだろう。

「君の田舎も、こんな所かい？」

田島は、歩きながら、ついてくる昌子に声をかけたが、返事がない。立ち止って振り向くと、五メートルばかり後で、昌子が屈んでいた。

「どうしたんだ？」と訊くと、昌子は、屈んだまま、脱いだ片方の靴を、振って見せた。

「靴に、石が入っちゃったのよ。もう取れたわ」

屈んでいる昌子の白いセーターに、かぶさるような樹々の紅葉が映って、セーターの肩のあたりが、朱く染っているように見えた。

田島は、カメラを構えて、シャッターを押した。カラーフィルムだから、上手く撮れていれば、セーターの白と、紅葉の燃えるような朱さが、美しいコントラストを見せてくれる筈だった。

靴を履き終った昌子は、近づいてくると、口を尖らせて、

「いやだわ」

と、云った。

「靴を脱いでるところなんか写して――」

「恰好が面白くて、撮ったんじゃないさ」

田島は、あわてて弁明した。色の美しさが撮りたかったのだというと、昌子も、どうやら納得したようだった。

樹のトンネルは、その後も、暫く続いていたが、細い道が広くなった途端に、周囲が急に明るくなった。

頭の上に蔽いかぶさっていた木の枝が途切れて、陽が一杯に、射し込んできたのである。展望もひらけた。右側が、ゆるい崖になっていて、銀色に長く伸びる京王線の

レールと、その向うに、大きくうねる多摩川の流れが見えた。

「ここで、少し休んでいこうか」

と、田島が、昌子に声をかけた時、二人の歩いて来た方向で、唸るような男の悲鳴が聞こえた。

3

田島は、ぎょっとして、悲鳴の聞こえた方向に眼をやった。が、道が曲っているのと、深い木立に遮ぎられて、何も見えない。

昌子の顔も、蒼くなっていた。

田島が、声のした方向に歩き出そうとした時、ざわざわと木の枝の揺れる音がした。その音が、次第に近づいてくる。

「怖いわ」

と、昌子は、低い声で云い、田島の腕に、すがりついてきた。

ふいに、二人の眼の前に、男が飛び出してきた。中年の男だった。

男の顔は、苦痛に歪んでいた。二本の手は、救いを求めるように、前に突き出されていた。

田島は、男の胸に、短剣のようなものが、突き刺さっているのを見た。洒落たダークグレイの背広に、血が滲んでいる。

昌子が悲鳴を上げて、田島の胸に顔を埋めた。

田島は、どうしてよいか判らず、震えている昌子を、かばうようにして、男を見つめていた。

男は、口を開いて何か云ったようだった。が、声にならなかった。

男は、田島の五メートルぐらい前まで、よろめきながら近づいた。が、そこで、急に力尽きたように、がっくりと崩折《くずお》れ、道の右側にひらいた崖を、転がり落ちていった。

熊笹の鳴る音が聞こえ、その音は、やがて止んだ。

男の姿が、眼の前から消えた瞬間、眠っていた記者精神が、猛然と、頭をもたげた。

しがみついている昌子を、引き剝がすようにして、田島は、崖の下を覗いて見た。

男の身体は、途中の木の根本に、引っかかっている。まだ息があるのかどうか、上からでは判らない。

田島は、昌子を見た。彼女の眼は、虚ろに見えた。血の気を失った顔は、蒼いというより、白茶けていた。

「しっかりするんだ」

と、肩を摑んで揺ぶると、

「ええ」

と、昌子は、呻くような返事をした。

「僕は、下へ行って見てくる」

田島は、昌子の肩に手を置いたまま云った。

「君は、ここを動いちゃ駄目だ。それから、何かあったら、すぐ僕を呼ぶんだ」

「ええ」

「怖がることはないよ」

田島は、わざと笑って見せてから、カメラだけを持って、熊笹の茂った崖を、降りて行った。

熊笹の黄色い葉に、血が、糸を引いたようについていた。

男に近づくと、強い血の匂いがした。抱き起こして、「おいっ」と呼ぶと、男は、薄く眼をあけた。しかし、どろんとした男の眼に、田島の姿が見えているのかどうか、判らなかった。

男が、口を動かした。耳を近づけると、微かに、「テン——」と聞こえた。

「テン？　テンがどうしたんだ？」

田島は、男の耳の傍で云ったが、返事がない。気が付くと、男は、もう死んでいるのだ。

田島は、木に摑って立ち上がると、息の絶えた男を見下した。

丁度、心臓のあたりに、短剣が突き刺さっている。普通のナイフとは違っていた。丸く細長い柄がついている。それに、兵隊が使う短剣に似たツバがついていた。どうも手造りのツバのようだった。強い力で突き刺したらしく、そのツバの近くまで、刺さっていた。

田島は、カメラを構えた。死体写真が新聞に載ることは、絶対にないのだが、眼の前にそれを見ると、カメラを向けずにはいられなかった。

角度を変えて、三枚ほど写してから、田島は、もう一度、死体の傍に屈み込んだ。

男の顔は、苦痛に歪んでいたが、仲々美男子に見えた。年齢は、三十五、六といったところだろうか。

上衣のボタンは、転がり落ちた時に外れたらしく、内ポケットの上に刺繡したネームが覗いていた。「久松」と読めた。借り着でない限り、久松というのが、この男の名前なのだろう。

田島は、ひとりで頷いたが、急に、昌子のことが心配になってきた。この男を刺した犯人は、もう逃げているると、決めてしまっていたのだが、そうでないとすると昌子が危い。

「マコちゃんっ」

と、呼んでみたが、返事がない。

田島は、狼狽した。

あわてて、崖を駈け上った。

昌子は、さっきの場所に、うずくまって、手で顔を蔽っていた。近寄って、田島は、彼女を抱き起こした。

「大丈夫かな？」

「ええ」

と頷いて、昌子は顔を上げた。が、その顔は、まだ蒼ざめていた。

「あの人、死んだの？」

「死んだ」

「これから、どうしたらいいの？」

「警察に届けなきゃならない」

と、田島は、乾いた声で云った。

「橋の傍に、駐在所があった。そこへ戻ろう」

「まだ、怖いわ――」

「もう、犯人は逃げたよ。何か聞かなかったかい？」

「人の足音を聞いたような気がするけど、気のせいだったかも知れないわ」

「それが、犯人の逃げる足音だったかも知れないな」

と、田島は云ったが、彼にも自信はなかった。犯人は、男を刺すとすぐ、逃げたかも知れないのだ。

二人は、登ってきた道を引き返した。田島はカメラを持ち、昌子は、昼食を入れた袋《ザック》を下げていたが、休日を楽しむ気持は、消え去っていた。

4

駐在所では、若い巡査が、退屈そうに新聞を読んでいたが、いきなり飛び込んできた二人に、びっくりしたように眼を上げた。

田島が、事件を告げても、最初は、信じられないようだった。この、のどかな秋の陽差しの中で、殺人のような殺伐な事件の起きる筈がないと云いたげな顔であった。

それでも、田島が何度も繰り返している中に、やっと、信じる眼になってきた。

「案内するのは、僕一人で、いいでしょう？」

と、田島は、云った。

「君は、ここで休ませて貰った方がいい」

田島が、昌子に云うと、彼女は黙って頷いた。

田島は、巡査を案内して、再び、崖の所まで引き返した。死体を見ると、巡査も蒼い顔になった。

「本署に連絡しなけりゃならん」

と、呟くと、巡査は、駐在所に向って駈け出した。

巡査が、駐在所の電話に噛《かじ》りついている間に、田島は、駅前のD・P屋まで走って、電話を借りた。

デスクを呼んで、死んだ男の話をすると、

「犬が棒に当ったってわけだな」

と、口の悪いデスクが、笑った。

「応援がいるかね？」

「いや、一人で大丈夫です。カメラ持参で来ていますからね。それに、万一の用心に手帳も持って来ています」

「折角の休みを気の毒だな」

「鬼のデスクに仏心を出されると、ぞっとしますよ」

田島は、受話器を持ったまま、苦笑した。

「どうせ、参考人ということで、いろいろ訊かれるでしょうから、ついでに、取材もしておきます」

判り次第、また電話を入れることにして、田島は、受話器を置いた。

駐在所に戻ると、巡査も、連絡を終ったところらしく、田島を見て、

「本署から、すぐ係官が来ますから、証言をお願いします」

と、云った。

田島は、頷いてから、昌子に眼をやって、

「この人は、もう帰ってもいいでしょう？」

と、巡査に訊いた。

「僕と、同じことしか見ていないんですから」

「それは困ります」

巡査は、固い声で云った。

「二人とも、いて貰わんと困ります。帰られたら、私の責任になります」

若いだけに、融通の利かない巡査だなと思ったが、昌子は、「私なら、大丈夫よ」

と、田島に微笑して見せた。

「もう、落着いたわ」

確かに、声は震えていなかった。しかし、顔の蒼さは、まだ残っていた。

五分ほどして、南多摩署のパトカーが、けたたましいサイレンの音を響かせて、到着した。

緊張した顔の刑事達が、車から降りてくると、静かだった駐在所の周囲が、急に騒がしくなった。

駐在所の巡査が、田島と昌子の二人を、発見者として、小太りの部長刑事に、紹介した。田島が、社名入りの名刺を渡すと、部長刑事は、「ほう」と、云った。どんな積りで「ほう」と云ったのか、田島には判らなかった。案外、うるさい男が現われたものだと、思ったのかも知れない。

続いて、鑑識の車も到着し、田島と昌子の二人を囲むようにして、総勢九人が、現場に向った。途中で、二人は、二回ばかり事件の状況を説明させられた。部長刑事は、頷きながら聞いていた。だいたいのところは、信用したようだった。

樹のトンネルの所まで来ると、部長刑事は、はね返ってくる小枝に、顔をしかめながら、

「どうして君達は、こんな道を選んだのかね？」

と、田島を見た。

「この道は、旧道で、最近は、殆ど人が通らんのだよ。頂上に行けないことはないがね」

「道標に従ったんですよ」

と、田島が答えると、同行していた駐在所の巡査が、

「その通りであります」

と、甲高い声で答えた。

「さっき気がついたのですが、道標が逆に立ててあったのであります。誰かが、悪戯したに違いありません。どうも、最近のハイカーは、道義心が欠如しておりまして――」

「あとで、直して置き給え」

部長刑事は、素気ない調子で、云った。

雲が出て来て、死体のある場所は、薄暗くなっていた。崖を降りた鑑識課員が、盛んにフラッシュを焚いた。

刑事の一人が、死体のポケットから、運転免許証を取り出した。田島は、その刑事の背後から、覗き込んだ。

〈東京都新宿区左門町××番地　青葉荘
久松　実〉

と、あった。免許証の写真から見て、本人のものに間違いなかった。田島は、名前と住所を、素早く手帳に写しとった。

田島は、腕時計に眼をやった。十二時を回ったばかりである。夕刊の締切りには、まだ一時間あった。今、デスクに電話すれば、誰かが、久松実の身許を調べて、記事を作ってくれるだろう。

田島は、急いで崖を駈け上った。崖の上で、刑事の動きを見守っていた昌子に、

「電話を入れてくる」

と、小声で云った。

「刑事《でか》さんたちには内緒だ。云えば、お固い人達だから、困ると云うに決っているからね。電話したら、すぐ戻ってくる。その間、上手いこと、誤魔化しておいてくれないか」

「いいわ」

「その調子で頼む。君なら、新聞記者の嫁さんが、勤まりそうだ」

云ってから、田島自身が照れた顔になった。結婚の話は、二人の間では、まだ口にしたことがなかったからである。

第二章　悪戯書き

1

警視庁捜査第一課の中村警部補が、南多摩署に到着して、事件の説明を受けたのは、午後三時を過ぎてからだった。

発見者だという男女にも会った。男の方は顔馴染《なじ》みだった。田島というこの記者には、いわゆる夜討ち朝駈けで、悩まされた経験がある。

「今度は、事件の目撃者ですから、新聞記者としてではなく、一市民として、警察に協力しますよ」

と、田島が云った。中村は、苦笑して、

「まあ、半分くらいは、信用させて頂きましょう」

と、云った。この記者の属している日東新聞だけが、夕刊の第一版に、簡単だが今度の事件を載せているのを、中村は、知っていたからである。一市民に徹していたら、あんな芸当が出来る筈がない。どうせ、刑事達の眼をかすめて、電話を入れたに違いないのである。

しかし、だからと云って、田島や、彼の恋人らしい山崎昌子の証言が、信用できないというのではなかった。周囲の状況から考えて、二人の証言は、信用できると、中村は考えた。嘘にしては、念が入りすぎている。

中村が重視したのは、田島が聞いたという、被害者の最後の言葉だった。確かに「テン――」と聞こえたと云う。これだけでは、何のことか判らない。人の名前を云おうとしたのかも知れないし、事物を示そうとしたのかも知れない。

(死ぬ間際に、被害者は、犯人の名前を教えようとしたのだろうか)

ありそうなことであったし、もし、そうなら重大であった。勿論、「テン」の二字だけの名前ではあるまい。田島も、被害者は、次の言葉を云おうとして、死んでしまったようだと、証言している。

「テン」は、天、点、店、展、典、或は、英語の**Ten**と、いろいろと当てはまる字は考えられるが、人名とすれば、「天」かも知れないなと、中村は思った。「天」が上につく姓は珍しいが、皆無ではない。中村の遠い親戚にも、天藤徳太郎という老人がいる。いずれにしろ、被害者の周囲を洗って行って、「テン」という言葉が見つかったら、注意する必要があると、中村は思った。

2

次に、中村の注意を引いたのは、犯行に使用された凶器である。

普通のナイフではなかった。

長さ二十五センチほどの棒ヤスリを、削って先を尖らせ、両刃の剣のように、作りかえてある。ツバも手製だった。全体の感じは、ナイフというより短剣と云った方が、ぴったりする。さもなければ、ヤリの穂先と云ってもいい。

刃の部分には、全体に、黒く墨が塗ってあった。

犯人は、随分、面倒臭いことをしたものだと、中村は、思った。思うような凶器が入手できなかったので、止むを得ず、自分で短剣を作ったのだろうか。それとも、自家製の短剣でなければならない理由が、犯人にはあったのだろうか。

刃に墨を塗った意味も、中村には、判らなかった。黒く塗れば、目立たないことは確かだが、光って困るのなら、鞘に入れておけばいいのだ。

短剣の柄の部分は、ヤスリのときのものが、そのまま使われていた。厳重な指紋検査が行われたが、被害者のものしか検出されなかった。これは恐らく、刺された短剣を、被害者が抜こうとした時に、ついたものであろう。

中村は、田島と山崎昌子の証言から、被害者久松実が、犯人に襲われた時の状況は、次のようなものだろうと、想像した。

久松は、犯人と一緒に、三角山に向った。犯人が最初から、久松実を殺す積りだったのか、或は、途中で喧嘩になり、かっとなって刺したのか、今のところ判然としないが、中村は、恐らく前者であろうと思った。

殺意のない人間が、黒く塗った短剣を持ち歩くのも訝《おか》しいし、二百メートルばかりの低い山に登るのに、登山ナイフさえ必要はない筈だからである。

犯人は、久松実を、樹のトンネルまで誘い出し、いきなり短剣で、胸部を突き刺したに違いない。犯人は、刺してから、駅の方向に向って逃げ、被害者は、反対の方向に、救いを求めた。恐らく、彼は、自分の前を歩いていた田島と山崎昌子の二人に、助けを求める気だったのだろう。

中村は、三多摩の地図を広げて、犯人が逃げたと思われる方向について考えた。いく通りも考えられる。

①京王線「聖蹟桜ケ丘」から、電車に乗った。

②わざと、一駅から二駅歩いてから、京王線に乗った。

③バスに乗った。このバスは八王子へ行く。

④自家用車で来ていて、それを運転して逃げた（オートバイ、自転車も含む）。

⑤南多摩は、神奈川県と境を接している。八粁《キロメートル》位あるが、歩いて、神奈川県に入った可能性もある。

⑥京王線の他に、近くを南武線（川崎↑↓立川）が走っている。南武線の一番近い駅（南多摩駅）まで歩いて、そこから乗った。

これを、一つ一つ洗っていけば、何か摑めるかも知れない。ウイークデイの、しかも、十二時前後なのだ。乗客も少いだろうから、駅員なり、バスの車掌なりが、挙動不審な人物を憶えている可能性はある。

中村は、そうした現場付近の調査を、南多摩署に委せて、一先ず警視庁に戻った。

3

東京に戻った中村は、ベテランの矢部刑事を連れて、運転免許証にあった青葉荘を訪ねた。

四谷三丁目と信濃町の、ほぼ中程にある左門町一帯は、アパートの多い所である。それも、木造モルタル塗りといった簡易アパートが殆どである。青葉荘も、そうしたアパートの一つだった。

中村と矢部刑事は、管理人に案内されて、二階の久松実の部屋に入った。

六畳と三畳の二部屋に、小さな台所とトイレが付いている。部屋に置いてある調度品は、立派なものが多かった。

「久松実は、何をして暮していたのかね？」

中村は、管理人に訊いた。管理人は、五十歳近い女だったが、久松の死を悲しんでいる様子はなかった。被害者は、人に好かれない性格だったのだろうか。

「雑誌社に勤めていたようですよ」

と、管理人は云った。

「週刊真実社とかいう雑誌社です。でも、正式の社員じゃなくて、何というんですか、記事を自分で作っては、売り込む――」

「トップ屋――？」

「ええ。そのトップ屋だったらしいんですよ。でも、最近じゃあ、仕事がなくなったって、こぼしてましたけど」

「こぼしてた割に、可成り贅沢な生活をしていたようですね」

矢部刑事が、部屋の中を見回してから、中村に云った。

「カメラ、ハイファイ、マイクロテレビ、洋服のぎっしり詰った洋服ダンス、ベッドに上等な机――」

「いろいろと、あくどいことをやって、金を儲けてたようですよ」

と、管理人が云った。中村と矢部刑事は、顔を見合わせた。

「あくどいというのは、具体的に、どんな？」

中村が訊いた。

管理人は、眼を、ぱちぱちさせた。

「詳しいことは、知らないんですよ。噂じゃあ、女に貢がせたり、誰かを強請《ゆす》ったりしてたらしいんですよ」

「強請りをね」

「ええ。あたしに、こんなことを、話してくれたことがあります。

「どんな人間にも、弱みがあるもんだ。そこを、ぐっと摑めば、金になるって」

「取材したネタで、相手を強請ってたということか」

中村は、矢部刑事を見て、云った。

「案外、そんなところが、殺された理由かも知れんな」

机の傍に、同じ種類の週刊誌ばかりが、二十冊ばかり積み上げてあった。中村は、そのうちの一冊を手に取って見た。表紙は、赤いシュミーズを着た女の写真だった。女の崩れたポーズが、そのまま、雑誌の内容を示しているように見える。女の肩の辺りに、「独占スクープ・女優Aの愛の遍歴」という物々しい活字が印刷してあった。

雑誌の名前は、「週刊真実」で、発行社の名前も、同じ週刊真実社だった。

中村は、雑誌を丸めて、ポケットに突込んだ。

「この雑誌社に当ってくる」

と、中村は、矢部刑事に云った。

「君は、ここに残って、手がかりになりそうなものを、探してくれ」

4

週刊真実社は、神田にあった。古びたビルの三階だけを、使っていた。中村の訪ねた時が、六時を過ぎていたせいで、部屋の明りは半分ほど消され、「編集」と貼紙された小部屋だけが、明るく、人声がしていた。

中村が声をかけると、背の高い、ベレー帽の男が顔を出した。中村が警察手帳を示すと、男は、一寸驚いた表情になったが、

「まあ、入って下さい」

と、部屋に案内した。

疲れた顔の若い男が、二人いた。机の上に、空になったラーメンのドンブリが重ねてある。灰皿には、吸殻の山が出来ていた。

「丁度、編集会議をやっていたところです」

と、ベレー帽の男は云い、「週刊真実編集長・横山知三」と印刷してある名刺をよこした。

「その会議も終ったところですから、何でも訊いて下さい。但し、何故、あんな雑誌

を出すのかという質問は、困りますが」

「活字は、苦手です」

と、中村は笑った。

「それに、貴方がたの出している週刊誌がどんなものか、知らんのです。今日お邪魔したのは、久松実のことです。彼が殺されたことは、ご存知ですね？」

「夕刊で読みました」

「久松は、週刊真実に、寄稿していたようですね？」

「ええ。時々、原稿を買っていました」

「どの位のつき合いですか？」

「四年くらいじゃなかったですかね。確か、そのくらいです」

「貴方からみて、久松実はどんな男でした？」

「弱りましたね」

横山は、帽子の上から頭を掻いた。

「とにかく、便利な男だったことだけは、確かです。人の秘密を嗅ぎつけるのが上手い男でしてね。面白いネタを、貰いましたよ」

「そのネタで、強請りを働いていたという噂を、知っていますか？」

「噂は知っています」

「本当に、やっていたと思いますか？」

「やっていたでしょうね。死んだ人間を悪く云うようでなんですが、金になるんなら、どんなことでも、やりかねない男でした。我々も、随分、被害を受けたもんです」

「どんな？」

「例えば、面白いネタを摑んだと電話を掛けてくるので、その気になって、頁《ページ》を空けて待っていると、待てど暮らせど、顔を見せないんです。アパートに電話すると、しゃあしゃあとして、あれは、駄目になったと云うんです。ところが、どうも、それが嘘らしいんですな。うちに売るより、スキャンダルならスキャンダルのネタを、本人に買わせた方が金になると計算して、そっちに売っちまったらしいんです」

「一種の強請りですね」

「まあ、そうですね。うちに原稿を売るだけでは、あんな贅沢な生活は出来ないでしょう。仲々、優雅な生活を送っていたようですから」

「久松を殺した人間に、心当りはありませんか？」

「さあ」

横山は、首をかしげた。

「一寸思い当りませんね。彼の私生活は、あまり知りませんから」

「最後に、久松に会われたのは、何時《いつ》ですか」

「ええと、何時《いつ》だったかな？」

横山は、傍で彼等のやりとりを聞いていた、二人の編集部員に眼を向けた。

「久松君が来たのは、何時《いつ》だったかね？」

「三日前ですよ」

と、太った方が云った。

「原稿料の残りを、取りに来たんじゃなかったですか？」

「そうだ。三日前だ」

と、横山は頷いてから、中村に、

「十二日の午後二時頃、顔を出したんです」

「その時、何か話しましたか？」

「いや、黙って、会計が小切手を切るのを待っていただけです。待っている間、紙に、何か悪戯書きをしていたのを憶えています」

「その紙は？」

「帰る時に、丸めて、屑籠に放り込んで行ったような気がしますが」

「どの屑籠ですか？」

「部屋の外にある奴です」

と、横山は云ってから、思い出したように、

「一杯になったんで、捨てましたよ。今朝」

「何処へです？」

「このビルの裏にある、大きなゴミ箱へです。しかし、あんな悪戯書きが重要ですか？」

「判りません。しかし、人間という奴は、何気なく悪戯書きをしている時に、本心があらわれることがありますからね。それに、久松に心配事があったとすれば、ヒントが書いてあるかも知れません」

「探すなら、手伝いますよ」

と、横山が云い、他の二人も、一緒に、ビルの裏まで出てくれた。

コンクリートで出来たゴミ箱は、塵芥で脹れあがっていた。蓋を持ち上げると、異臭が鼻をついた。

四人は、顔をしかめて、有難くない仕事に取りかかった。乏しい街灯の明りが頼り

なので、仕事はなかなかはかどらない。中村の手は、忽《たちま》ち黒く汚れてしまった。

十分近い悪戦苦闘が続いたあとで、やっと、横山が、「ありましたよ」と、丸めた紙片を、指先でつまみ上げた。

「確かに、これです」

と、横山が云った。

中村は、受け取って、ゆっくり拡げてみた。二百字詰の原稿用紙だった。それに、ボールペンで、同じ言葉が、いくつとなく殴り書きしてあった。その言葉は、次のようなものだった。

〈天使は金になる〉

5

その言葉を、中村は、何度か口の中で繰り返してみた。繰り返している中に、彼は、或ることを思い出した。

日東新聞の田島記者の証言である。田島は、久松実が死ぬ間際に、「テン――」と云い残したと証言している。あの「テン――」は、「天使」のことではなかったのか。久松実は、「天使」なる人物（或は物）から、金を捲き上げていたのかも知れない。そして今日、「天使」が、彼に復讐したのではないだろうか。

（だが、天使とは、一体、何のことなのだろうか？）

考えたが、すぐには、答は出て来なかった。

中村は、警視庁に戻ると、図書室に出かけて百科事典をひらいてみた。

〔天使〕

一般には、神と人間との仲介者として、神意を人間に伝え、人間の祈願を神に伝える霊的実在をいう。仏教、キリスト教、ゾロアスタア教では、いずれも天使の存在を認めている。仏教の浄土には、自由に飛行する天人、閻魔大王の天使などがある。

天使にあたるギリシャ語は「お使い（**Aggelos**）」の意で、広くは神から差し使わされた祭司、予言者などを含む。しかし、キリスト教用語では、人間よりも知慧、能力の秀れた霊と定義されており、はじめは、天使はみな一様に、聖にして幸福な状態にあったが、その試練の時、ルシフェルをはじめ多くの天使は、神にそむき、ここに「善天使」と「悪天使」とに分れるに到った。善天使は、神に忠実にとどまったので、ますます聖とされ、永遠の天国の浄福を得、悪天使は、地獄の終りなき劫罰を受けるようになった。この悪天使は「悪魔」と呼ばれる。善天使は常に神を讃美し、神に仕え、また人間を守護する。人間には、各人ごとに守護の天使があり、天使は、その人が人生の最終目標である天国の浄福を得るように善をすすめ、悪を避けさせる。
カトリック教会において、夕べの祈りの時に鳴らされる「アンジェラスの鐘」は、天使が、聖母マリヤに神のお告げとして、その胎内にキリストの宿ることを知らせたことを、記念するものである。
キリスト教美術においては、天使は音楽をもって神を讃美し、或は、神の意図を人間に伝える使者として、翼のある青年、幼児の姿で描かれている。

（「世界大百科事典」平凡社　一九五七年版より）

中村は、読み終っても、この言葉の中から、事件の鍵を見つけ出すことはできなかった。
天使が金になる——と云うのだから、久松の書いた天使は、宗教的な意味より、世俗的な意味を持っているに違いない。まさか、純金の天使像を拾って、その奪い合いが、殺人に発展したということでもあるまい。マルタの鷹のような事件が、現実に起こるものではないと、中村は思った。

八時を過ぎて、矢部刑事が、左門町のアパートから戻って来た。

「探し物という奴は、どうも性に合いません」

と、矢部刑事は、中村に苦笑して見せた。柔道三段のこの刑事には、机の引出しを掻き回す仕事より、犯人と格闘することの方が、似合っているのだろう。

「調べ残したところがあるかも知れませんが、面白いと思うものを、二つ、借りてきました。一つは、預金通帳です」

「貯金なら、私も、ささやかだが、やっているがね」

中村は、ぼそぼそした声で云いながら、矢部刑事の差し出した、久松実名義の預金通帳に眼をやった。

「久松には、身寄りがないらしいので、管理人に借用証を書いて来ました。預金額は五十万で、額そのものは、たいしたことはないんですが、面白いのは、預金の仕方です」

「成程ね。二回にまとめて、預金しているね。六月五日に三十万。それと十月三十日に二十万か」

中村は、通帳の数字を睨んだ。

「何となく犯罪の匂いがするな」

「強請《ゆす》りの金かも知れないと、思うんですが？」

「私も、そんな気がするね。恐らく、この金は、強請りで摑んだものだと思う。ところで、あの部屋から、天使に関係があるようなものが、見つからなかったかね？」

「天使――ですか？」

きょとんとした顔の矢部刑事に、中村は、週刊真実社で手に入れた久松実の悪戯書きを見せ、事情を説明した。

「それで、君が戻ってくるまで、金になりそうな天使とは、どんなものなのかと、いろいろ考えていたんだが、どうも、ぴったりするものが見つからなくてね」

「天使にも、いろいろありますからね」

矢部刑事は、首をひねった。

「街の天使も天使だし、白衣の天使というのもありますからね。人間以外でも、エンゼルフィッシュという熱帯魚がいますから」

「エンゼルフィッシュが、金になるかね？」

「さあ、あれは、熱帯魚の中では一番安い魚だそうですから、あまり儲からんかも知れませんな」

「金にならない天使では困るんだ」

中村は苦笑してから、

「君が拾ってきたもう一つの品物というのは、何だね？」

「天使に関係があるかどうか、判りませんが、机の中に、同じ女の写真が何枚もあったんで、一枚借りて来たわけです。久松と関係があった女かも知れません」

矢部刑事は、ポケットから手札型の写真を取り出して、中村の前に置いた。若い女が笑っている写真だった。白黒の写真だが、それでも、かなり厚化粧しているのが判った。顔立ちも派手な女である。年齢は、二十代の半ばといったところだろうか。素人の女には見えない。女優か何かなのだろう。

「天使に見えないこともないな」

と、中村は矢部刑事を見た。

「この女の名前は？」

「それが判らんのです。管理人も、顔を見たことはあるが、名前は知らないということです」

「誰か知らないかね？」

中村は、調室に残っていた刑事達に、声をかけた。もし、この女がテレビか映画に出ている女優なら、刑事の中に、彼女を見た者がいるかも知れないと、思ったからである。中村のその方面の知識は、残念ながら皆無に近い。

三人の刑事が、二人の傍に集ってきて、写真を覗き込んだ。その中で一番若い宮崎刑事が、「あれえ」と、小さな声を出した。

「知っている女かね？」

中村が訊くと、宮崎刑事は頭に手をやった。

「それが、どうも――」

「云ってみろよ」

と、傍から矢部刑事が声をかけた。

「実は、この間の非番の時に、浅草で、ストリップを見たんです」

若い宮崎刑事は、顔を赧《あか》くして云った。中村は苦笑した。

「刑事が、ストリップを見て悪いことはないさ。特に君みたいな若い者はね。この女が、ストリップに関係があるのかね？」

「僕が見たのは、美人座という劇場《こや》なんですが、その時、踊り子の中に、この女がいたような気がするんです」

「そう云われてみると、踊り子という感じだな。名前を憶えているかね？」

「いえ。しかし、あの時、プログラムを貰いましたから、それに、名前も書いてある筈です。あのプログラムは——」

宮崎刑事は、ズボンのポケットを探していたが、「ありました」と、しわくちゃになった紙片を摑み出した。

紙の表に、踊り子の写真と、「BIJINZA」のローマ字が印刷してあった。宮崎刑事は、裏を返して、そこに印刷されている曲名と、踊り子の名前を比べていった。

「たしか、ハーレム・ノクターンを踊っていた娘《こ》なんですが」

と、宮崎刑事は、ひとりごとのように、呟いてから、「判りました」と、声に出して云った。

「これには、エンゼル・片岡と出ています」

「エンゼル——？」

中村の声が、思わず大きくなった。

第三章　エンゼル・片岡

1

中村と矢部刑事が、浅草に駈けつけたのは、九時を回ってからである。六区の興行街も、流石に人影がまばらだった。ネオンは賑やかに点滅していたが、どの劇場の切符売場も、既に窓を閉めていた。あと一時間もすれば、最終回の客を吐き出して、六区の一日が終るのである。

美人座は、映画館の地下にあった。入口のところに、踊り子の写真が、並べて貼ってある。

「ありますよ」

と、矢部刑事が、その中の一枚を指さして云った。確かに、あの写真の女だった。

こちらの方は、乳房を見せて踊っている写真だった。その写真の下に、「魅惑のグラマーヌード・エンゼル・片岡」と、白インクで書いてある。

「宮崎君が、ストリップが好きで助かったよ」

中村は、矢部刑事に笑って見せた。

切符売場は、ここも閉まっていた。二人は急な階段を降りて行った。入口は暗く窖《あなぐら》へ入って行く感じだった。

重いドアを開けると、いきなり、ドラムとトランペットの音が、耳に飛び込んできた。

場内は、いやに暗く、眼が慣れるのに、いくらかの時間が、必要だった。

暗い客席とは逆に、舞台だけが、青い照明の下で、ひどく明るい。細かい埃が、その照明の中に浮んでいた。二人の踊り子が、埃っぽい舞台で踊っている。中村は、夜店を見ているような、妙な親近感を、舞台と踊り子に感じた。

狭い通路の左側に、「事務室」と貼り紙のしてあるドアが見えた。中村は、そのドアをノックした。が、喧しいバンドの音に消されてしまったのか、返事がない。

二度目に強く叩くと、やっと、ドアが開いて、眼鏡をかけた若い男が、顔を突き出した。頬骨の尖った痩せた男である。顔色が、ひどく蒼いと思ったが、それは、どうやら青い照明の反射のせいらしかった。

その男は、二人が警察の者と知ると、一寸眉をしかめてから、無愛想な声で、「どうぞ」と、中へ案内した。

猛烈に狭い部屋だった。一坪あるかないかだろう。机が一つに、円椅子が二つ。それだけが置いてあった。男は、ひょいと、机に腰をのせると、二つの椅子を、中村と矢部刑事にすすめた。天井が低いのと、周囲が壁だけなのが、狭いことにプラスして、何となく息苦しい感じだった。

「ここに、エンゼル・片岡という踊り子がいますね？」

中村は、男に云った。男は、「ええ」と頷いてから、しわくちゃになった煙草を取り出して、火を点《つ》けた。

「あの娘《こ》が、どうかしたんですか？」

「会って、訊きたいことがあるんですがね」

「何か、やらかしましたか？」

「それは、まだ判っていません。会わせて貰えますね？」

「どうぞと、云いたいんですが、今日は、来ていません」

「病気ですか？」

「さあ、どうですかね」

男は、気のない返事をした。

「あの娘は、身体もいいし、踊りも、まあいけるんですが、気まぐれなところがありましてね。時々、いなくなるんです」

「いなくなる？」

矢部刑事が、口を挟んだ。

「どういうことですか？　それは――」

「たいしたことじゃありません。金になる仕事があると、黙って、そっちへ行っちまうんです。劇場《こや》がはねてから、内職に、キャバレーで踊ったりするのは、どの娘《こ》もやっていることなんですが、他の娘は、舞台が終ってからだし、一応は連絡して行くんです。それを、カマボコときたら、何の連絡もなしに、金になると聞くと、飛んで行っちまうんです」

「カマボコ――」

「ああ、彼女の綽名《あだな》ですよ。オッパイの恰好が、カマボコに似ているんで」

「成程」

と、ベテランの矢部刑事が、真面目くさった顔で頷くのを見て、中村は、くすくすと笑ってしまった。男も、矢部刑事が、あんまり真面目な顔で頷くので、逆に、面喰った表情になっている。

「彼女の気まぐれについて、話を続けてくれませんか」

中村は、真面目な表情に戻って、先を促した。男は、頷いてから、短くなった吸殻を、傍の茶碗に投げ込んだ。じゅっという音がした。

「大分前の話なんですが、二ヵ月ばかり消えちまったことがあるんです。何処へ行っていたと思います?」

「外国旅行でもしていたんですか?」

「似たようなもんです。沖縄も外国みたいなもんですからね」

「沖縄?」

「沖縄で踊ると金になるんです。足代《げそ》と食事《しやり》が向う持ちで、一ヵ月十二万から十五万くらいになるようです。それに一寸した外国旅行の気分も味わえる。だから、行きたがるのも無理はないんですが、何の連絡もなしに、行かれたんでは、こっちが――」

「一寸待って下さい」

中村は、相手の言葉を、途中で遮ぎった。

「彼女が、沖縄に行ったのは、何時《いつ》のことですか?」

「今年の四月、五月の二ヵ月です。六月の二日か三日だかに、ひょっこり帰って来ましてね。しゃあしゃあしたものです」

「足代、食事代が向う持ちとすると、二ヵ月で、三十万貯《た》めることは可能ですね？」

「彼女くらいの身体をしていれば、月十五万の契約は可能でしょうね。ただし、無駄使いをしなければ、貯まるということです。彼女達は、矢鱈《やたら》に、詰らない物を、買い漁《あさ》りますからね」

「彼女が帰った時、何か高価な物を、買って来たようでしたか？」

「いや。そういえば、金銭《かね》にルーズな娘《こ》なのに、何のお土産物も買って来なかったと、他の娘《こ》が、ぶつぶつ文句を云っていましたね」

「すると、三十万なら三十万、まるまる残して来たということも、考えられるわけですね」

中村は、相手に念を押してから、矢部刑事と顔を見合わせた。

久松実の預金通帳には、六月五日に、三十万の入金が記入されていた。エンゼル・片岡は、六月二日か三日に帰国した。恐らく、三十万のギャラをまるまる持って。符節は合う。久松がエンゼル・片岡を強請り、彼女は、その金を作るために、沖縄へ行ったのかも知れない。

十月三十日の二十万円も、彼女だろうか。

「九月か十月に、もう一度、沖縄へ行ったということはありませんか？」

と、中村が訊いた。男は、首を横に振った。

「最近は、珍しく真面目に、舞台に出ていましたよ」

中村は、その返事に軽い失望を感じた。しかし、沖縄に行かなかったからといって、十月三十日の二十万が、彼女ではないということにはならない。ストリッパーの給料は、普通のサラリーマンよりは高いだろうし、内職の口は、いくらでもあると、この男も云っている。久松は、最初の三十万に味をしめ、二度目に二十万円を要求し、三度目になって、やり切れなくなったエンゼル・片岡が、反撃に転じたのかも知れない。

考えられないことではなかった。とにかく、エンゼル・片岡に会って、どんな女か調べなければならない。

「彼女の住所は？」

「新宿柏木の白鳥荘というアパートです。電話局の裏だから、すぐ判りますよ」

「久松実という男を、ご存知ですか？」

「ヒサマツ？　知りませんね。彼女の男ですか？」

「かも知れません。週刊真実という雑誌に関係していた男です」

「週刊真実——ねえ」

男は、額に手を当てた。

「その週刊誌なら知っていますよ。カマボコの、いや彼女の写真を、表紙に使ったことがありますからね。その時、楽屋に来て、彼女を使いたいといったのが、久松という人かも知れませんね。三十五、六で、背の高い、一寸した二枚目の——」

「その男です」

と、中村は云った。

「久松が来たのは、何時《いつ》頃のことですか？」

「今年の二月頃ですよ」

計算は合うなと、中村は思った。表紙の写真をタネに、久松は彼女に近づき、秘密を掴んで強請ったのかも知れない。或は、秘密を掴んでから近づいたか、いずれにしろ、エンゼル・片岡という踊り子が、久松実に強請られていたことは、確かなようだった。

「最後に一つだけ教えて下さい。彼女の本名は、何というんですか？」

「片岡有木子《うきこ》です。年齢は二十五歳。この世界じゃ、そろそろ年寄りの部類に入りますね」

男は、残酷な云い方をした。

2

二人が、新宿柏木に出たのが十時十分。人を訪ねるのにふさわしい時間ではなかったが、殺人事件となれば、そんな配慮もしていられなかった。

「白鳥荘」は、久松が住んでいた青葉荘と、似たりよったりの簡易アパートだった。いかにも眠たそうな顔の管理人に訊くと、エンゼル・片岡こと、片岡有木子は、部屋にいると云う。

二人は、教えられた部屋のドアを叩いた。

「だれっ?」

という若い女の声が、戻ってきた。構わずに、中村がノックを続けると、部屋の中で足音がして、ドアが開いた。

ネグリジェ姿で、頭に黄色いタオルを巻いた有木子は、二人の顔を、うさん臭そうに見比べて、

「誰なのさ？」

と、尖った声を出した。

中村は、黙って警察手帳を見せた。その瞬間、女の顔から、血の気の引いていくのが判った。

「君に訊きたいことがある。入らせて貰えないかね？」

「断ったって、入ってくるんでしょ」

有木子は、不貞腐《ふてくさ》れた云い方をした。

洋服ダンスに入りきらないのか、壁に、派手なドレスがいくつも吊してある。机の代りみたいな大きな三面鏡、部屋には不釣合いに立派なベッド。そんなものが、中村の眼に飛び込んできた。

ベッドの反対側を覗くと、旅行用のスーツケースが二つ、きちんと並べて置かれてあった。

「旅行するのかね？」

中村が訊くと、有木子は、どすんとベッドに腰を下してから、「そうよ」と云った。

「明日の朝早く、発《た》つのよ」

「行先は沖縄かね？」

「どうして知ってるの？」

有木子は、眼を大きくした。中村は微笑した。

「当てずっぽに云ったまでさ。ところで、今日は舞台を休んで、何処へ行ったんだね？」

「どうして、そんなことをきくのよ？」

「殺人事件に、君が関係しているかも知れないからだ」

「何のことか、さっぱり判らないわ」

「今日、南多摩の三角山で、久松実が殺されたんだ。君は、この男を知っているね？」

「知らないわ。久松実なんて男――」

「嘘をついても駄目だよ。久松の部屋には、君の写真が何枚もあった。それに、美人座の支配人も、君が、久松を知っている筈だと証言しているんだ」

「――」

有木子は、黙って、中村と矢部刑事を睨んでいたが、唇を嚙んでから、

「いいわよ」

と、蒼い顔でいった。

「久松って男は知ってるわ。でも、週刊誌に、あたしの写真を使いたいからって、話に来ただけのことよ。二、三回しか会ってないわ」

「君が、そういうなら、そうしておこう。だが、さっきの質問には答えて貰いたいね。今日、何処で、何をしていたんだね？」

「契約したＮ興業の人と、外務省へ旅券を貰いに行ったわ。その後で、宣伝用の写真を撮って、帰って来たのよ。嘘だと思うんなら旅券を見せてあげるわ」

「時間は？　外務省へ行ったのは、何時だね？」

「ここを出たのが三時よ」

「それまでは？」

「ベッドで寝てたわ」

「ひとりで？」

「勿論よ。変な質問はしないでよ」

「十時から十二時の間も、寝ていたというわけだな？」

「そうよ」

「君がその間、この部屋にいたことを、証明できる人間がいるかね？」

「いやしないわ。そんなもの」

有木子は、甲高《かんだか》い声を出した。

「誰かに見張ってて貰って眠る人間が、何処の世界にいるっていうの？」

「気の毒だが、明日の沖縄行は中止だ」

「冗談じゃないわ」

有木子は、ベッドから立ち上って、二人を睨んだ。

「N興業とは、もう契約しちゃったのよ。旅券も貰ってあるし、宣伝写真も撮っちゃったのよ」

「N興業へは、行かれなくなったと、電話するんだな。殺人事件なんでね。出発させるわけにはいかないんだ」

「久松を殺したのは、あたしじゃないわ」

「それを証明できるのかね？」

「あたしじゃないんだもの」

「それじゃあ話にならない。君には、久松が殺された十一時前後のアリバイがないんだからね」

「だから、ベッドで寝てたって、いったじゃないの」

「堂々めぐりだな」

中村は、肩をすくめた。

「とにかく、明日の沖縄行は中止だ。もし、逃げ出すようなことがあれば、君を犯人とみて逮捕する」

「――」

「君は、四月と五月にも、沖縄へ行ったそうだね？」

「行ったわ」

「二ヵ月間、沖縄で稼いだギャラを、どうしたね？　三十万は稼いだ筈だが」

「使ったわ」

「何に？」

「忘れたわ。とにかく使ったのよ」

「久松実に渡したんじゃないのか？」

「どうしてあたしが、久松に、金をやらなきゃならないのよ？」

「久松に、何か秘密を握られていて、それをタネに、強請られていたんじゃないかということだ」

矢部刑事がいい、中村は、じっと、有木子の顔色を見た。

はっきり、彼女の顔色の変るのが判った。狼狽した声で、「そんなことはないわ」

と云ったが、中村は、自分の推測が当っていたのを確信した。

この女は、久松実にとって、金のなる木だったに違いない。文字通り「天使《エンゼル》は金になる」だったのだろう。そして、この女は、アリバイがない。勘ぐれば、明日の沖縄行も、あらかじめ準備された逃避行なのかも知れないのだ。

中村と矢部刑事は、東京を離れないように、もう一度有木子に念を押してから、部屋を出た。

3

外へ出ると、十一月の夜は、流石《さすが》に寒かった。矢部刑事は、コートの襟を立てながら、

「逮捕状を貰いますか？」

と、中村に訊いた。中村は煙草に火を点《つ》けた。

「まだ早い。訝《おか》しい点があるが、犯人という証拠もない。まず、証拠を固めることだ。あの女が、現場にいたという証拠も欲しい」

「その間に、逃げ出すかも知れません」

矢部刑事は、明りの点いている片岡有木子の部屋を、見あげて云った。

「彼女が犯人なら、必ず逃げ出しますよ。沖縄までの旅券を持っていますからね。沖縄に逃げ、そこから香港あたりへ飛ぶことも、考えられます」

「その心配はあるな」

と、中村も頷いた。

「私が見張りましょう」

矢部刑事が云った。

「十時以後に、羽田を発つ飛行機はない筈ですが、念のためです。それに、東京を逃げ出す可能性があります」

「頼むよ」

中村が、矢部刑事に云った。

「あとで、宮崎刑事でも応援に寄越すことにしよう」

中村は、もう一度、アパートを見上げてから、捜査一課に戻った。

丁度、部屋に残っていた宮崎刑事を応援に向けてから、中村は、南多摩署に電話を入れた。

電話は、直ぐかかったが、南多摩署の刑事の声は、あまり元気がなかった。

「今のところ、たいした発見はありません」

と、電話口に出た部長刑事は云った。

「暗くなってからも、懐中電灯を持って、現場付近を調べたんですが、犯人の遺留品らしきものは、見つかりません」

「道標を悪戯した人間が判りましたか?」

「いや判りません。土地の人間ではないようです。昨日は日曜日で、ハイカーが、五、六人三角山に登ったようですから、その連中かも知れません」

「聞き込みの方は?」

「それなんですが――」

恐縮した声が続いた。

「これはというものは、まだありません」

「明日、写真を送りますから、その写真で調べ直してみて下さい」

「犯人が判ったんですか?」

「いや、容疑者らしい人物が、浮んだだけです。片岡有木子という二十五歳のストリッパーで、エンゼル・片岡の芸名で踊っています。殺された久松実に、強請られていた形跡があります」

「臭いですな。その女が、三角山に来たという証拠が、あがるといいんですが」

「よろしく頼みます」

と、中村は云った。

「他に何か、気がつかれたことはありませんか？」

「これは、事件とは関係がないと思うんですが」

南多摩署の刑事は、相変らず、遠慮勝ちに云った。

「あのあたりの農家からの届け出なんですが、案山子《かかし》が一つ、無くなったと云うのです。もう収穫が済んでいるので、案山子が紛失しても、困ることはないんですが――」

「案山子――ですか？」

中村は、拍子抜けした顔になった。だが、報告してくれた南多摩署の刑事に、素気ない返事も出来ない。

「面白いですな」

と、中村は云った。

「案山子が紛失するようなことは、度々あるんですか？」

「前にも二度ばかりありました。遊びに来たハイカーが、面白がって引き抜いていくんです。どうも、最近は、道義心が低下して困った傾向ですが——」

南多摩署の刑事の云い方は、今度の紛失も、ハイカーの悪戯に違いないと、決めているようだった。中村も、そんなところだろうと思う。殺されたのは生身の人間であって、竹と藁で作られた案山子ではないのだ。

中村は、受話器を置いた。

それを待っていたように、電話が鳴った。矢部刑事の応援に出向いた宮崎刑事からだった。

「今、着いたんですが、矢部刑事の姿が見えません」

「見えない？」

軽い不安が、中村を襲った。

「片岡有木子はどうなんだ？　部屋にいるのか？」

「明りは点いていますが、いるかどうかは判りません」

「調べてくれ。逃げたのかも知れん」

「判りました」

電話は、いったん切れた。中村は、自分が落着きを失っているのを感じた。

矢部刑事が姿を消していることから考えて、片岡有木子が逃げ出したという可能性は強い。ベテランの矢部刑事のことだから、すぐ後を追ったと思うが、心配なのは、矢部刑事が、一人だったということである。

尾行や張込みは、原則として二人以上で行われる。一人では、撒《ま》かれる可能性があるからである。その心配があったので、すぐ宮崎刑事を行かせたのだが、遅かったかも知れない。

電話は、すぐ掛ってきた。

「片岡有木子は、部屋にいません」

と、宮崎刑事は、電話口で云った。緊張した声になっていた。

「管理人に部屋を開けさせたんですが、部屋は、もぬけのからでした。スーツケースも無くなっています。どうしますか？」

「今からでは、追いかけるわけにもいかんだろう。君は、そこに残って、彼女の部屋を調べてくれ。逃げ出した以上、犯人かも知れない。部屋を調べれば、何か摑めるかも知れん」

「判りました」

中村は、受話器を置いた。

時計は既に十二時を回っていた。もう十一月十六日なのだ。事件は、昨日のことになった。

矢部刑事は、尾行に成功しているだろうか。宮崎刑事が、彼女の部屋から、彼女が犯人であることを証拠だてるようなものを、発見できるだろうか。

中村は、気持を落ち着けようとして、煙草に火を点けた。立ち上って、窓の外に眼を向けた。官庁街の夜は、ネオンの輝きもない。

暗い空に眼を向けていると、細《こま》かい雨の降り出していることに気付いた。何時の間に降り出したのだろうか。煙雨というのか、煙のように細い雨である。窓が閉っていると、雨の音も聞こえてこない。

一本目の煙草が灰になったとき、机の上の電話が鳴った。中村は、腕を伸ばして受話器を摑んだ。

「宮崎君か？」

「いえ、矢部です」

電話の声は、乾いた語調で云った。

「天使が死にました。片岡有木子が死んだんです」

4

一瞬、中村は、矢部刑事の言葉の意味が、理解できなかった。

「死んだ？　自殺したのか？」

中村も、乾いた声を出した。

「いや、事故死です」

「事故死？　一体、何があったんだ？」

「係長が帰られるとすぐ、女は、何処かへ電話を掛けました。N興業へ、断りの電話をしたのかと思ったんです。N興業は当っていたんですが、何処かへ逃がしてくれと頼んでいたらしいんです。間もなく、若い男が運転する車が、彼女を迎えに来ました。裏口から出られたんで、止めるひまがなくて。私も、すぐタクシーで、後を追ったんですが」

「彼女の乗った車が、事故を起こしたのか？」

「そうです。追いかけられていると知って、スピードを上げました。八十粁は出ていたと思います。四谷から有楽町へ抜ける都電通りを突っ走ったんですが、途中で、悪いことに、雨が降り出して――」

「ああ」

と、受話器を摑んだまま、中村は頷いた。あの雨が、事故の原因だったのか。

「スリップして、半蔵門の近くの安全地帯に激突したんです」

「即死――か？」

「運転していたN興業の若者は即死です。片岡有木子の方は、私が駆けつけた時、まだ微かに息がありましたが、病院へ運ぶ途中で死にました」

「何か、彼女が云い残したことは？」

「ありません。息があったといっても、口の利ける状態じゃありませんでした」

「何も云わずにか――」

中村は、電話口で、小さい溜息をついた。

「私は、どうしますか？」

矢部刑事は、疲れたような声を出した。彼も、複雑な気持でいるのだろう。容疑者として追いかけていた人間が、一瞬にして、あの世へ行ってしまったのだから。

「今、何処から電話しているんだね？」

「英国大使館の傍にある病院からです」

「彼女のスーツケースは？」

「事故現場にある筈です」

「ご苦労だが、スーツケースを持って戻って来てくれないかね」

「判りました」

と、矢部刑事は、固い声で云ってから、

「一つだけ、係長に訊きたいことがあるんですが？」

「何だね？」

「係長は、片岡有木子が、久松を殺した犯人だと思いますか？」

「確信はない。だが、逃げ出したのは、後暗いところがあったからだと思っている。君も、同じ意見じゃないのかね？」

「判りません」

電話の声が、低くなった。

「もし、彼女が無実だったら、私が死なせたことになりますね」

「そんなことはない」

中村は大きな声で云った。

「君には何の責任もないよ。彼女が逃げたのがいけないのだ」

中村は、強い調子で云ってから、受話器を置いた。

第四章　バー・天使《エンゼル》

1

警察が、片岡有木子を追いかけていることは、記者たちには判らなかった。彼女の事故死が、それを教えてしまった恰好だった。

片岡有木子を病院へ運んだのが、捜査一課の矢部刑事と判ると、記者たちは、課長に説明を求めた。一課のベテラン刑事が、何の目的もなく、真夜中にタクシーを走らせる筈がないのである。しかも、矢部刑事は、殺人事件を担当しているのだ。

一課長は、渋々とだが、エンゼル・片岡こと片岡有木子をマークしていたことを認めた。

「しかし、我々としては、彼女を犯人と断定したわけでもないし、また、断定できる証拠も、まだ摑んでおりません」

課長は、用心深い調子で云った。だが、その発表に出席していた田島は、課長の言葉とは逆に、捜査当局の自信のようなものを感じた。何か摑んでいるのではないのか。同じ感じを受けた記者もいたとみえて、

「しかし、片岡有木子に眼をつけたのには、何か理由があるんでしょう？　それを話してくれませんか？」

と質問した。

課長と中村警部補は、顔を見合わせた。

「久松実の部屋に、彼女の写真があったことが、その理由です」

と、中村警部補が、課長に代って答えた。

「それだけですか？」

「それだけです」

中村警部補は、おうむ返しに云った。課長も、「今のところは、それ以上答えられません」と、固い声で云った。

課長会見は、それで終ったが、田島は、一課長たちが、何かを隠しているのを感じた。

田島が戻って報告すると、デスクも、

「訝しいな」

と、云った。

「単に、被害者の部屋に女の写真があったというだけで、その女に尾行をつけるというのはね」

「課長も中村警部補も、自信ありげでしたから、他に、マークする理由を持っているに違いありません」

「それが、何かということだな」

「今、気がついたことなんですが――」

「どんなことだ？」

「片岡有木子は、浅草の美人座に出ているストリッパーで、芸名はエンゼル・片岡です。それに、踊り子というのは、芸名の方が通りがいいものです。警察がマークしたのは、片岡有木子としてではなく、エンゼル・片岡としてじゃないでしょうか？」

「どっちでも同じことじゃないかね？」

「少し違いますよ。問題は、エンゼルだと思うんです。日本語で云えば、天使です」

「その通りだが――？」

「久松実が、死ぬ間際に云った言葉は、『テン――』です。この耳で聞いたんですから間違いありません」

「判ったよ」

デスクも、大きな声を出した。

「それが、天使ではないかということだな」

「ええ。だから、警察も、エンゼル・片岡をマークしたんだと思うんです」

「そう考えれば、納得できるな。しかし、犯人が天使だとすると、他にも、天使という言葉に該当する人物は、出てくるんじゃないかね」

デスクは難しい顔になった。

「久松は、女出入りが多かったそうだからね。天使は、エンゼル・片岡一人じゃないかも知れん。例えば、看護婦と関係があったとすれば、それも、天使の一人だ。白衣の天使だからね」

「他にも、いろいろ考えられます」

田島も、デスクに同意した。

「それに、天使だからといって、女とは限らないと思うのです。例えば、エンゼル号という遊覧船があったとします。久松を殺したのが、その船の乗組員だったということも、考えられるんじゃないでしょうか。死ぬ間際というのは、意識が朦朧《もうろう》としている筈ですから、犯人の名前より乗っていた船の方が頭に浮ぶことも、あり得ないことじゃないと思うのです」

「成程ね」

と、デスクも微笑した。

「君のように考えれば、エンゼルというバーや喫茶店だってあるかも知れん。久松実の周囲から、天使に関係のある人間を洗い出すのも、面白いかも知れないな」

「我々の探し出した天使の中に犯人がいたら、特ダネを頂きということになります」

「可能性はあるな。片岡有木子に、警察は自信はあるようだが、まだ、決め手は摑んでないと思う。もし確証があれば、発表している筈だからね」

「久松実の周囲を、もう一度洗ってみます」

田島は、デスクに云って、腰を上げた。

2

田島は、先ず、左門町の青葉荘を訪ねた。アパートに着いたのが三時である。その時間のためか、管理人は、ひどく眠そうな顔をしていた。

「殺された久松さんのことで、訊きたいんだが」

と、田島が声をかけると、管理人は、眉をしかめて、

「またですか」

と、云った。

「警察の方にも云ったんですけど、久松さんのことは、あまりよく知らないんですよ」

「久松さんが、何かの拍子に、天使という言葉を口にしたことはなかった？　エンゼルでもいいんだが」

「天使ですか？」

管理人は、首をかしげた。

「ああ、天使だ。聞いたことがないかね？」

「そういえば、似たようなことがありましたよ。でも、天使って云ったのは、久松さんの方じゃなくて、あたしの方でしたけどね」

「あんたが――」

田島は、戸惑った顔になったが、

「その時のことを、詳しく話してくれないかな?」

「たいしたことじゃありませんよ。二週間くらい前でしたかね。綺麗な女の人が、久松さんを訪ねて来たことがあるんですよ」

「この女だね?」

田島は、ポケットから、片岡有木子の舞台写真を取り出して、管理人に見せた。

管理人は、一寸見ただけで、

「違いますよ」

と、云った。

「違う?」

田島は眼を大きくした。

「本当に、違うの?」

「違いますよ。この女なら、あたしも知ってますよ。新聞に、事故で死んだって、出てましたからね」

「その、違う女がどうしたのかね?」

「久松さんの部屋に入ったんですけどね。暫くして、暗い顔をして出て来たんですよ。泣きそうな顔で。それで、後で久松さんに云ってやったんです。あんな天使みたいな人を、苛《いじ》めるなって」

管理人は、一息ついて、傍にあった飲みかけの牛乳に口をつけた。

「それで？」

と、田島は、先を促した。とにかく、天使という言葉が出た以上、緊張せざるを得ない。

「久松さんは、その時、何と云った？」

「にやにや笑ってましたよ」

「それだけ？」

「いえ、その後で、妙なことを云ってましたよ。天使が二人以上になると、何ていうか知ってるかって」

「天使が二人以上？」

「あたしが知らないって云ったら、何だか難しいことを云ってましたよ。エンだとか、アンだとか——」

「エンゼルス？」

「ええ。それですよ」

管理人は、大きく頷いて見せた。

田島は、難しい顔になって、腕を組んだ。どうやら、デスクの想像は当っていたらしい。天使は、片岡有木子の他にもいたのだ。だが、別の天使は、一体何処にいるのだろうか？

田島は、管理人を見た。が、彼女は、とうとう我慢しきれなくなったとみえて、机に顔を押しつけて、軽い寝息を立てている。肩を叩いてみたが、眼を覚ます様子もない。田島は、苦笑してアパートを出た。

3

田島は、久松の関係していた週刊真実社を訪ねた。編集長だという横山知三に、記者証を示すと、相手は、またかというように首をすくめて見せた。どうやら、ここにも、記者連中が押しかけて来たらしい。

「あんたも、久松実のことを、訊きに来たんだろうが、新聞記事になるようなことは、何にも知らんよ」

「しかし、久松は、記事を売り込みに来てたんでしょう？」

「まあね」

「警察が、来たでしょう？」

「あんたも、同じことを訊くのかね」

横山は、うんざりしたように、眉をしかめた。

「どの新聞を拡げても、同じ記事ばかり読まされる筈だな」

「しかし、来たんでしょう？」

「来たよ。二人で来て、久松が捨てていった紙片を、ゴミ箱から拾っていった。それだけだよ」

「その紙に、何が書いてあったんですか？」

「知るものか。刑事は見せてくれなかったし、こちらも別に見たくなかった」

「本当に？」

「本当だ」

「――――」

田島は、相手の顔色を窺った。警察に口止めされたのか、本当に知らないのか、顔色からは判らなかった。

「話は変りますが、久松が、天使という言葉を口にしたことはありませんか？」

「天使？」

「エンゼルでもいいんですが」

「エンゼルというバーにならＮ、よく行ったことがあるがね」

「エンゼルというバーですか――？」

田島の顔が赧くなった。探していたものが、あまりに、あっさり飛び出して来たので、一瞬、ぽかんとしてしまったくらいだった。

「知っているのかね？」

「いや、初めて聞く名前です。その店は、久松の馴染《なじ》みの店ですか？　それとも横山さんの？」

「久松のだよ。その店ならツケが利くと、自慢していた」

「ツケが利くというと、久松は、そこのマダムと親しかったわけですか？」

「ああ。仲々美人でね。二人の熱々《あつあつ》なのを見せつけられて、頭に来たことがある」

横山は、田島に向って苦笑してみせた。

4

バー・天使《エンゼル》は、新宿三丁目の表通りから細い路地を、五メートルばかり入った所にあった。

黒く塗られたドアに、「エンゼル」の文字と、矢を射ようとしているキューピッドの絵が、白色で描かれていた。キューピッドは、天使の一人だったかなと、田島は首をひねった。違うような気がしたが、自信はなかった。背中に羽根が生えているのだから、同じ天使の仲間かも知れない。

重いドアを押して、中へ入ると、ペラペラのチャイナドレスを着た若い女が、素早く彼の腕を取って、奥のテーブルに坐らせた。時間が早いせいか、それとも不景気のせいか、客は田島一人だけである。

若い女が三人いた。が、マダムらしい女の姿は見えない。田島は、ビールを注文してから、

「マダムは？」と、訊いた。

「もうじき来るわ」

と、隣に腰を下した女が云った。肥った、偏平な顔をした女だった。サービスの積りか、わざと高く膝を組み、チャイナドレスの裂け目から、白い太ももを剝《む》き出しに見せている。いつもの田島なら、自然にそこへ、手が行ってしまうのだが、今日は、そんな気になれなかった。

「マダムの名前を教えてくれないか？」

「聞いてどうするの？」

「美人だって評判だからね。近づきになりたいんだ」

「男って、同じことしか云えないのね。美人だから、近づきになりたいって——？」

「いけないかね？」

「眼の前にいるあたしの名前を訊かないで、ママさんのことばかり気にするなんて、失礼じゃないかしら？」

「成程ね」

田島は、苦笑してポケットを探した。外国映画で、私立探偵が優雅な手つきで金を相手に握らせ、情報を訊き出すのを真似ようと思ったのだが、慣れないことで、摑み出した五百円札は、しわくちゃになっていた。恰好よく二つ折りにして、すいというわけにはいかなかった。だが、女の方は、外国並みに慣れているとみえて、いとも無造作に、五百円札を胸の間に、滑り込ませてから、にっと笑った。

「ママさんの名前は、絹川文代。年齢《とし》も知りたければ教えてあげるわ。自分じゃ二十九だって云ってるけど、本当は三十二なのよ」

「天使みたいな美人かね？」

「美人は美人だけど、一寸老《ふ》けた天使ね」

女は、けらけら笑った。

「久松実の女だってことだけど、本当かね?」

「久松って、昨日、殺された人でしょ?」

「ああ。時々、来てたんだろう?」

「一週間に一度くらいの割で、来てたわ」

「二人の仲は?」

「二人で、旅館へしけ込むのを見たって娘《こ》もいるわ。それから、これは噂なんだけど——」

女は、仔細らしく、声をひそめた。

「ママさんは、久松って男に、欺されていたんじゃないかと思うのよ」

「欺されていた?」

「何でも、結婚を餌に、相当むしられていたらしいわ」

「女が、男に、むしられることもあるのかね」

田島は笑ったが、内心は緊張していた。この女の云うことが本当なら、この店のマダムには、動機が存在することになるのだ。

「欺されていたというのは、本当なんだろうね？」

「本当らしいわ。女って、結婚って言葉に弱いもの。それに、ママさんも年だから焦ったのね。とにかく、ママさんが、久松って男に貢いでたことは確かよ」

「金を？」

「お金もだけど、洋服を新調してやったり、いじらしい位だったわ。女って駄目ね。ああなると。ママさんて、普段は凄く気が強いんだけど、あの男には、てんで、だらしがなかったわ」

「久松の方は、マダムと結婚する気だったんだろうか？　君は、欺されていたと云ったけど」

「あの男が、そんな殊勝な気を起こすもんですか。ここへ来て、あたしを口説いたりする男よ」

「君をね？」

「感心することないじゃないの。あたしだって捨てたもんじゃないわよ。若さで、ぴちぴちしてるわ」

女は、剝き出しの太ももを、ぴしゃぴしゃ叩いて見せた。

「それでね。あたしと寝た時、しゃあしゃあと、俺は若い女が好きだなんて、云うんだもの。ママさんと、本気で結婚する積りだったなんて、とてもじゃないけど、考えられないわ。ところで、どう？」

「何が——？」

「何がだなんて、とぼけないでよ。今夜、つきあってもいいのよ」

「有難いが、今夜は忙しいんだ」

田島が、苦笑して云ったとき、ドアが開いた。新しい客と一緒に、和服姿の女が入ってきた。隣の女が、田島の脇腹を小突いた。

「お待ちかねのママさんが、来たわよ」

5

確かに美人だった。細面の顔に、藤色の和服がよく似合っている。一見して、寂しそうな感じを受けるのは、顔立ちのせいだろうか。

田島は、立ち上って、カウンターの傍に行き、単刀直入に、新聞記者であることを、相手に告げた。彼女の顔に、ふっと暗いものが走った。

「久松との関係を、訊きにいらっしゃったのね？」

「そうです」

「何でもなかったと、云ったら、信じて貰えます？」

「いや」

田島は、微笑した。

「無理ですね」

「でしょうね」

と、文代も笑った。

「あの娘《こ》から、いろいろと、聞いたんでしょう？」

文代は、田島の相手をしていた女を、眼で示した。

「あの娘《こ》は、お喋りだから——」

「結婚の話も、あったようですね？」

「女にとって、いくつになっても、結婚という言葉には、魅力がありますものね」

「久松さんの方は、貴女と結婚する気でしたか？」

「久松がどう考えているか、知ろうと思ったことはありません」

「知るのが、怖かったから？」

すぐには返事がなかった。文代は、煙草を咥《くわ》えて、火を点けようとしたが、マッチが、なかなか点かない。指先が震えているのだ。

田島は、ライターを取り出して、点けてやった。

「ありがとう」

と、文代が云った。

「何でしたっけ——？」

「久松さんを、愛していたんですか？」

「判らないわ。嘘をついてるんじゃありません。今になってみると、判らないというのが、一番正直な気持のような気がするのよ」

「失礼なことを、訊いていいですか？」

「もう訊いてるじゃありませんか」

文代は、苦笑した。

「これ以上、何を知りたいの？」

「久松さんを、憎いと思ったことがありましたか？　彼は、貴女とつき合っている一方、エンゼル・片岡というストリッパーとも関係していたわけでしょう。憎むのが、当然だと思うんですが」

「つまり、あたしが、久松を殺したい程憎んでいたかどうかということね？」

「そうは、云っていませんよ」

「同じことよ。久松を憎いと思ったこともあるわ。殺してやりたいと思ったことも。これで、ご満足？」

「貴女が殺したんですか？」

「いいえ。と云っても、信じて貰えないでしょうけど」

「証拠があれば信じますよ。久松さんの殺されたのが昨日の午前十一時頃です。僕の眼の前で、というより僕の腕の中で、死んだんです」

「貴方が？」

文代は、口を小さくひらいた。

「貴方が、最後に？」

「ええ。最後の言葉を聞いたのも僕です。ところで、さっきのアリバイは？」

「アリバイ？」

「昨日の午前十一時前後のアリバイです」

「ないわ」

文代は、固い声で云い、グラスにウイスキーを注いで、呷《あお》るように飲み干した。

「こんな商売をしていれば、昼間はたいていベッドの中よ。証明しろというのが無理だわ。つまり、アリバイなしってわけね。これで、あたしが犯人だって確信したんでしょ？　結婚を餌に欺されていたバーの女が、男を殺した。面白い記事になる？」

「証拠がないことは、書きませんよ」

「そう。残念ね」

文代は、急に、泣き笑いに似た表情になった。

「本当のことを、話してあげましょうか」

「本当のこと？」

「久松が、結婚を餌にあたしに近づいて来たことは本当よ。あたしには、最初から嘘だと判ってた。こんな商売を何年もやってれば、男の言葉が嘘か本当かぐらい、見分けがつくわ。でも、あたしは、夢が欲しかった。あたしみたいな女でも、本当に愛して、結婚しようと考えてくれている男がいるのだという夢が欲しかったのよ。だから、久松に、お金もやったし、服を作ってやったこともあるわ。久松は、うまくあたしを欺したと思ってたでしょうけど、本当は、あたしが、あたし自身を欺してたのよ」

「判らないな。結局は、貴女だけが傷つくだけのことじゃありませんか。損をするのは、貴女だけでしょう？」

「そう思っても構わないわよ。勿論、ふっと久松を殺してやりたいと思うこともあったわ。でもね、久松が生きていたら、今でも、あたしは、自分を夢物語の中に押し込んで、自分を欺し続けていると思うわ。久松は下らない男よ。殺されるのが当然の男よ。でも、あたしには必要な男だった。こんな気持は、あんたみたいに、ずっと育った人には判らないでしょうけどね。あんたも、一度、恋人に裏切られるかして、心に傷がつけば判るようになるわ。あんただって、恋人がいるんでしょう？」

「――――」

田島は、黙って、絹川文代の顔を見つめていた。

6

暫くして、田島は、バー・天使《エンゼル》を出た。

文代は、妙な告白のあとで、自棄《やけ》気味にグラスを重ね、ぐでんぐでんに酔ってしまって、話が聞けなくなったからである。あの酔態が、本物か、それとも芝居だったのか、田島にも判らない。判らないといえば、あの告白自体、真実かどうか疑問だった。

彼女は、久松との関係を認め、殺したいと思ったこともあると云った。この言葉も、勘ぐってみれば、否認するよりも、或る程度認めた方が賢明だと、計算した上でのことかも知れない。相手は小娘ではないのだ。文代自身、こんな商売を何年もやっていれば、用心深くなると、云っていた筈である。

田島は、夜の街を歩きながら、青葉荘の管理人の言葉を思い出した。

管理人は、綺麗な女が、二週間ほど前に久松を訪ねて来たと、云った。その時、久松と管理人の間で、「あんな天使みたいな人を苛《いじ》めちゃいけない」といったような言葉のやりとりがあったともいう。

その時の女は、絹川文代なのだろうか？

もし、彼女だったら、管理人の「暗い、泣きそうな顔をしていた――」という証言から、容疑が濃くなる筈である。二人の間に、何かあったことを示しているのだから。

田島は、絹川文代の写真を貰ってくるんだったと、思った。その写真を、管理人に見せれば、はっきりする。しかし、あの泥酔ぶりでは、今から引き返しても、写真は貰えないだろう。明日にでも、もう一度訪ねて、写真を貰うなり、撮るなりすればいい。そう考えて、田島は、社に戻った。

デスクは、田島の報告に満足したようだった。

「矢張り、久松の周囲には、もう一人、天使がいたというわけだな」

「もし、管理人に、絹川文代の写真を見せて、この女じゃないと云われたら、三人目の女を考えなければならなくなりますよ」

「三人目の女ね」

デスクは、一寸、羨ましげな顔付きになった。

「久松って男は、艶福家だったらしいな」

「しかし、殺されたら詰りませんよ」

田島は、そう云ってから、山崎昌子の顔を思い出した。彼女のことを考えると、久松みたいな男のことは、少しも羨ましくなかった。

「一度、その美人のマダムに会ってみたいね」

デスクが、冗談めかして云った時、二人の間にある電話が鳴った。

デスクが、手を伸ばして受話器を摑んだ。

二言、三言、応答しているうちに、デスクの顔が緊張してきた。

デスクは、電話を切ると、強い眼で田島を見た。

「絹川文代の写真は、どうやら、いらなくなったようだ」

「しかし、青葉荘の管理人に見せて、確認させないと——」

「その管理人が死んだんだ」

7

「死んだ——ですか？」

田島は、一瞬、ぼんやりした表情になって、デスクを見た。何時間か前、田島は、管理人と、話を交わしたのだ。あの管理人が死んだという——

「自殺ですか？」

「それは、はっきりしないが、睡眠薬が死因らしい」

「睡眠薬？」

その言葉で、田島の脳裏をかすめたものがあった。

それは、眠たげな顔で、田島の質問に答えてくれた管理人の姿であり、喋り終ってから、机に俯伏《うつぶ》して眠ってしまった彼女の丸い背中だった。

あの時、田島は、管理人の背をゆすり、それでも起きないことに苦笑して、青葉荘を出て来たのだ。疲労と、暖い気温のせいで眠くなったのだろうと、単純に考えたのだが、あの時、管理人は、死に向って急ぎつつあったのかも知れない。そう考えた時、ふっと田島の背筋を冷たいものが走った。

田島は、青葉荘に急行した。

彼が、現場に着き、管理人室を覗き込んだ時、管理人の死体は、既に警察の手で運び去られていた。

部屋は、がらんとしていた。調度品の少い、わびしい感じの部屋である。田島は、覗き込んでいるうちに、

(何か訝しいな)

と思った。何時間か前、田島は、ここで、管理人と言葉を交わした。その時と、部屋の様子が、何処か違っている。管理人がいないというだけではない。その他の何かが欠けているのだ。

(牛乳瓶だ)

と、気付いた。空の牛乳瓶が無くなっている。

田島が、管理人に、天使の話を聞いた時、彼女は、途中で、飲みかけの牛乳を飲んだ筈である。彼の眼には、まだ、彼女の咽喉《のど》に流れ込んで行く、牛乳の妙に重たい白さが、焼きついている。管理人は、牛乳を飲むと、すぐ、眠ってしまったのだ。牛乳

瓶を片づけてから眠ったのではない。

あの牛乳瓶は、何処へ行ったのか。

田島は、警察が、調べるために持ち帰ったのだろうと思った。他に考えようはなかった。睡眠薬で死んだ人間の傍に、空の牛乳瓶があれば、調べるのは、当り前の話だからである。

田島は、現場にいた宮崎刑事を摑まえて、念のために、訊いてみた。

「牛乳瓶ですか？」

若い宮崎刑事は、不審そうに訊き返してから、

「管理人室には、空の牛乳瓶なんかありませんでしたよ。あったのは、アルドリンという睡眠薬の空瓶だけです。牛乳瓶が、どうかしたんですか？」

「いや、何でもありません」

田島は、周章《あわ》てて云った。

宮崎刑事が、嘘をついているとは思えなかった。とすると、あの牛乳瓶は、何処へ消えてしまったのか。

田島は、管理人室の横に、黄色い牛乳箱が、取りつけてあるのに気付いた。箱には、「田熊かね」と書いた紙が、貼りつけてある。田熊かねというのが、管理人の名

前なのだろう。

田島は、その黄色い箱を覗いてみた。空瓶が一つ入っていた。

この空瓶が、田島の見た瓶と、同じものだろうか。

常識的に考えれば、管理人の名前のついている箱に入っているのだから、同じものに違いない。

だが、一体、誰が、ここへしまったのか。本人の田熊かねが、片づけたのだろうか。しかし、あのまま死へ直進したのなら、本人に片づけられる筈がない。

（管理人の死が、他殺だとしたら――）

考えているうちに、田島は、興奮してくるのを感じた。犯人が、自殺に見せかけるために、牛乳瓶をしまったのかも知れない。

管理人と、最後に言葉を交わしたのは、恐らく、彼の筈である。そして、牛乳瓶のことを知っているのも、田島一人の筈だ。各紙の記者も、勿論知らない筈だし、警察も、宮崎刑事の言葉からみて、気付いていないと、考えていいだろう。

（特ダネを摑めるかも知れない）

田島は、そう考え、身体がぞくぞくするのを感じた。

田島は、周囲を見回した。刑事達も、記者達も、管理人室に首を突込んでいて、牛乳箱を覗こうとする者は、一人もいない。

田島は、ポケットからハンカチを取り出すと、素早く牛乳瓶を包んだ。レインコートのポケットに、それを押し込んだ時、中村警部補が、アパートに入って来た。

田島は、あわてて、牛乳箱の傍を離れた。

8

デスクは、戻って来た田島の話を、半信半疑の表情で聞いた。

「すると君は、睡眠薬が、牛乳に溶かされていたに違いないと云うのだな？」

と、デスクが訊いた。田島は頷いた。

「牛乳を飲み終ってから、管理人の田熊かねが、眠ってしまったことは、事実なんです。僕が、この眼で見たんです。確証はありませんが」

「君の考えが当っているとしたら、一寸、面白いことになるな」

デスクも、そう云ったが、半信半疑の表情は、まだ、完全には消えていなかった。話が面白すぎると思っているらしい。

「自殺する人間が、わざわざ睡眠薬を牛乳に溶かして飲む筈がありません」

と、田島は云った。

「だから、他殺の可能性が強いと思うんですが」

「それは判るが、あくまでも、君の推測が当っていたらの話だろう」

デスクは、慎重に云った。

「推測では、記事は書けないからね」

「だから、この牛乳瓶を持って来たんです」

田島は、ハンカチに包んで来た牛乳瓶に、眼を向けた。

「この瓶に、僅かですが、牛乳が残っています。これを、何処かで分析して貰いたいんです」

「僕の友人に、製薬会社の研究室で働いているのがいるから、分析を頼んでみよう。時間はかかるが、睡眠薬が検出できたら、めっけものだな」

デスクは、瓶の底に、僅かに残っている牛乳を、細い眼で見つめた。蛍光灯にかざすと、その白い液体は、気のせいか鈍く光っているようでもあった。

「僕は、睡眠薬が検出されると、信じています」

と、田島は、多少興奮した口調で云った。

「僕には、これが、巧妙に仕組まれた殺人のような気がするんです。犯人は、牛乳屋が配達したあとで、睡眠薬を溶かし込んだ牛乳とすりかえておいたのです。紙のフタや、その上にかぶさっているセロファンなんかは、根気よくはがせば、薬を入れてから、元通りに出来る筈です。それに、毎日牛乳を飲んでいる人間は、多少、フタが歪んでいても、気にしないと思うのです」

「そして、彼女が飲み終った頃を見はからって、空の薬瓶を、管理人室に投げ込み、牛乳瓶は、箱に戻しておくというわけか」

「アパートには、いろいろな人間が出入りします。アパートの住人は勿論ですが、その訪問客、セールスマン、新聞配達、ガス・水道の集金人と、いくらでもいます。管理人室の前の廊下は、道路の延長のようなものです。犯人は、簡単に出入り出来たと思うのです。そして、明日の朝になれば、箱の中の牛乳瓶は、牛乳屋が持ちかえって、洗滌してしまいます。そうなれば、睡眠薬が混入されたという証拠も、綺麗に洗い流されてしまいますからね」

云い終ってから、田島は、何となく頭に手をやった。気負った云い方に、自分で照れたのだ。デスクも、にっと笑った。

「管理人が死んだのには、警察も、当惑してるんじゃないかな」

と、デスクは云った。

「もし、君の考えるように、これが他殺で、久松殺しと関係ありとなれば、片岡有木子の線が、ぐらついてくるわけだからね」

「そういえば、中村警部補も、現場に顔を見せていました。心配になって、駈けつけて来たのかも知れません」

と、田島は云った。中村警部補が乗り出して来たのは、警察もまた、他殺の疑いを持ったからではあるまいか。

第五章　筆跡鑑定

1

中村警部補は、先に来ていた宮崎刑事から報告を聞きながら、田熊かねの死が、自殺であって欲しいと思った。

田熊かねが、ただの管理人ではないからである。昨日、三角山で殺された久松実が住んでいたアパートの管理人なのだ。他殺となれば、どうしても、久松殺しとの関係が問題になってくる。

しかも、同一犯人の犯行ということにでもなれば、片岡有木子の線は崩れてしまう。

中村は、片岡有木子が、久松を殺した犯人に違いないという考えを持っていた。これは、中村の個人的な見解ではなかった。捜査本部としての意見でもある。彼女が逃亡を図ったのは、逮捕を恐れたからだと考えている。

問題は証拠だった。そのために、矢部刑事が、事故現場から、片岡有木子のスーツケースを持ち帰り、宮崎刑事は、彼女のアパートを調べたのだが、そのどちらからも、彼女を犯人と断定できる証拠は、発見されなかった。

そこへ、青葉荘の管理人が急死したというニュースだった。宮崎刑事を現場に急行させたが、中村は、じっとしていられなくなった。自殺か他殺かの判断だけでも下せるようにしたかった。

丁度、久松実の解剖結果の報告が届いたところだったが、落着いて眼を通していることが出来なくなって、レインコートを羽織ると、左門町のアパートまで来てしまったのである。

だが、自殺、他殺どちらとも、はっきりしないと、宮崎刑事は云う。

中村は、難しい顔になって、管理人室を見回した。窓際にタンス、そして、入口に面して小さな机が置いてある。

「その机に、俯伏せになって、死んでいたそうです」

と、宮崎刑事が説明した。

「発見者は、二階に住んでいる野田というサラリーマンです。最初は、疲れて眠っているんだろうと思って気に止めなかったそうです。しかし、風呂へ行って、帰って来ても、まだ眠っているんで、あわてて医者を呼んだが間に合わなかった、そう云っています」

「睡眠薬の瓶が、転っていたそうだが？」

「さっき、鑑識が持って行きました。薬は、アルドリンです」

「アルドリン？」

中村は、何処かで聞いた名前だなと思ったが、すぐには、思い出せなかった。

「市販されている薬かね？」

「近くの薬局で聞いたんですが、四年ばかり前に、販売が中止された睡眠薬だそうです」

「中止された？」

「例の薬なんです。妊婦が飲むと、胎児に悪影響があるという――」

「ああ」

と、中村も頷いた。思い出したのである。四年前に、新聞を賑わせた事件だった。外国で発明された睡眠薬で、日本でも「アルドリン」の名前で市販されたが、それを飲んだ妊婦から、奇形児が生れて問題になったことがある。

四年前に販売が禁止された薬が、どうして使われたのか。

「死んだ管理人のことは、調べたかね？」

「大体のところは調べました。田熊かね、四十九歳。身寄りはありません。一人息子がいたそうですが、これも六年前に、交通事故で亡くなっています」

「このアパートの持主なのかね？」

「いや、管理を頼まれていただけです。身寄りがないので、こんな仕事についていたんだと思います」

「身体は、丈夫だったのかね？」

「心臓が弱かったようです。慢性の心臓病だったと、医者が云っていました」

「孤独で、心臓の悪い四十九歳の女か」

中村は、ひとりごとのように云ってから、宮崎刑事の顔を見た。

「自殺の動機にならないこともないな」

「私も、自殺のような気がします」

と、宮崎刑事も頷いた。

「アパートの人間に当ってみたんですが、管理人は、誰からも、恨まれていなかったようです。小金を貯めていた様子もありませんから、彼女を殺して利益を得る人間がいたとも思えません。問題は、久松実が、ここに住んでいたということなんですが」

「私も、問題は、そこにあると思っているんだが――」

中村は、語尾を濁した。自殺であって欲しいという気持が、自然に、言葉を曖昧なものにしたのかも知れなかった。だが、今の段階では、自殺とも他殺とも、決定する材料はなかった。

(解剖の結果待ちということか)

中村は、がらんとした管理人室に眼をやりながら、軽い焦燥を感じていた。

2

翌日の午後になっても、田熊かねの解剖結果は、入って来なかった。この位の時間がかかるのは、当然なのだが、中村は、問題が問題だけに、じっとしていられなくなって、自分の方から、警察病院へ電話をかけた。

「やけに、急がせるじゃないか」

電話口に出た顔見知りの警察医は、呑気な声を出した。

「久松実の解剖報告の方は、読んでくれたんだろうね？」

「読んだよ」

中村は、早口に云った。いらいらしていると、言葉も自然に早くなる。

「予期していた通りで、これはというものはなかったよ。致命傷は心臓の突傷。格闘の形跡なし。打撲傷あるも、崖から転落した際のものと思われる云々。全て、考えていた通りのことだ」

「科学は、突飛な答を出して、君達を驚かせたり、喜ばせたりするためのものじゃないぜ」

「判ってる。田熊かねの方は、どうなんだ。もう三時だぜ。まだ、解剖は終らないのかね？」

「だいたいのところは終ったよ。だが、今のところ、判ったのは、死因が睡眠薬によるものだということだけだ。君に云わせれば、予期されたことで、これといったものはないことになるんだろうが」

「彼女の死が、事故ということは、考えられないか？」

「量を間違えて、飲んだということかね？」

「そうだ」

「一寸考えられないね。瓶には、適量が明記してある筈だし、あの薬は、アルドリンだ。この薬のことは、君も知っているだろう?」

「知っている。アルドリン奇形児のことだろう?」

「そうだ。恐らく、彼女も知っていたと思うね。だから、普通なら、飲むのさえ躊躇《ためら》う筈だ」

「それを飲んだということは、眠るためではなく、自殺のためと考えられるな?」

「そんなところだ。勿論、仏さんが、自分の意志で飲んだのならばの話だがね」

「アルドリンというのは、普通の睡眠薬より強いのかね? つまり、死に易い薬かどうかということなんだが」

「逆だよ」

「逆?」

中村は、変な気がした。漠然と、強い薬ではないかと思っていたからである。

「奇形児が生れたんで、強い薬と思われがちだがね。本当は逆なんだ。利き方が緩慢なんだ。だから、あの薬が発明された時は、危険が少い睡眠薬ということで、評判が良かったんだ」

「しかし、田熊かねは、死んだぜ」

「利き方がゆるやかだといっても、絶対安全というわけじゃない。それに、仏さんの場合は、心臓が弱っていたからね」

「結論はどうなんだ？　自殺なのかね？　他殺なのかね？」

「どちらとも云えないね。積極的に自殺だとも云えないし、他殺の疑いがあるわけでもない。君には悪いがね」

「死亡時刻は？」

「三時半から四時半までの間だ。胃の中には、パンと牛乳が残っていた。遅い昼食を摂《と》ったあとで、死んだということだね。判っているのは、それだけだ。あとは、君の方で調べるんだな。それが君の仕事だろう？」

「判ってるよ」

中村は、電話を切った。

結局、自殺か他殺か判らないのだ。中村は立ち上がると、別棟にある鑑識の部屋まで出かけた。そこで聞けたのは、アルドリンの空瓶についていた指紋は、田熊かね一人のものだという答だった。しかし、これだけでは、自殺とは断定できない。他殺の場合でも、利口な犯人なら、その位の細工はする筈だからである。死人の手に、空瓶を握らせれば、簡単に指紋はつけられる。

他殺の線が出て来ないことは有難かったが、不安定な気持は変らなかった。

調室に戻ると、中村は、南多摩署に電話を入れた。片岡有木子の写真を送って調べて貰っている。その結果を聞くためだった。

電話口に出たのは、先日の部長刑事だった。口調まで、先日と同じ恐縮調で、

「どうも、うまく行きません」

と、云った。

「京王線、南武線の各駅、それに、三角山付近の農家にも、あの写真を見せて当ってみたんですが、まだ目撃者は出ておりません。どうも、ご期待に添えなくて申しわけないんですが」

「まあ、そうがっかりしないで下さい」

中村は、自然に、慰める立場に立たされてしまった。

「彼女が車を使ったとすれば、目撃者が出なくても不思議じゃありませんからね。それに、女という奴は、化粧によって顔が変って見えるもんです。事件の時は、特別な化粧をしていたのかも知れません。大柄な女だから、男装も可能です。とにかく、頑張って下さい」

「はあ。全力を尽くします」

「あの写真以外のことで、何か判ったことはありませんか？」

「それが、事件に関係のないことしかなくて――」

「どんなことですか？　それは――」

「ついさっき、農家の子供が一人、畑に落ちていた海苔巻を拾って食べて、腹痛を起こしました。ハイカーが捨てていったらしいんですが」

「食中毒ですか」

「ここんところ、気温の高い日が続いたので、腐っておったらしいんです」

「――」

中村は、やれやれと思った。確かに、食中毒では、今度の事件と関係はあるまい。

中村が、受話器を置いた時、片岡有木子の過去を洗っていた矢部刑事が戻って来た。

3

「だいたいのところは、判りました」

と、矢部刑事は云い、細かい字の書き込まれた手帳を開いた。

「生れたのは、静岡県沼津市です。家は、市内で雑貨屋をやっています。高校を出るとすぐ、近くのデパートに就職しましたが、一年間勤めてから、突然、上京して、ヌードダンサーになっています。ストリッパーになってからは、ワイセツ罪で二回逮捕されています」

「ワイセツ罪というのは、強請りのタネにならないな」

と、中村は云った。

「その後も、ストリッパーを続けていたんだから、ワイセツ罪で検挙されたことを久松に知られても、平気の筈だ」

「私も、そう思いました」

と、矢部刑事も云った。

「たいていのストリッパーが、ワイセツ罪の前科を持っているそうですから、これでは、強請りのタネになりません」

「沖縄に行った時、向うで、密輸に関係したというようなことは？」

「それも調べてみたんですが、形跡なしです」

「男関係は？」

「前に、浅草の愚連隊の一人と関係があったようです。しかし、この男とは、一年前に切れています。それに、男関係では、何十万という金は強請れないような気がします。普通の家庭の娘なら、男関係は隠したがるかも知れませんが、ストリッパーの場合は、逆に、男関係の多いことを自慢するくらいなんだから」

「そうなると、ストリッパーになる前ということかな」

「デパートを、急に辞めて、上京したというのが、引っかかるんです」

と、矢部刑事は、手帳を見ながら云った。

「デパート勤めといえば、一応は、女の子にとって、憧れの職場だと思うのです。それを急に辞めたというのも変ですし、上京して最初に選んだ職業が、ストリッパーというのも、妙な気がするんです」

「沼津で、何か問題を起こしたのかも知れんな。久松は、それをタネに、片岡有木子を強請っていたのかも知れない。君に、沼津へ行って来て貰おうか」

「これから、すぐ行って来ます」

矢部刑事は、早口に言い、コートを摑んで部屋を出て行った。疲れている筈だった。今日は休んで、明日の朝にしろと言おうとして、中村は、声をかけそびれてしまった。矢部刑事の心に、まだ、小さな傷の残っているのを感じたからである。片岡有木子を死なせたのは、自分のせいかも知れないという気持が、彼の心に、まだあるに違いなかった。彼女が犯人と決まれば、その気持は、いくらか和らぐだろう。休息を命じることは、かえって、残酷かも知れないのだ。

(矢部刑事のためにも、彼女が真犯人だという証拠が摑めるといいが――)

中村は、暗さを増した外の気配に、眼をやった。彼の顔にも、疲労の色が見えていた。

4

八時に、矢部刑事から、沼津へ着いたという連絡があったが、その後は、何の連絡も入って来ない。

田熊かねの死についても、自殺、他殺、いずれの証拠も摑めないままに、時間が経過して行った。

睡眠薬の入手経路にしても、問題の薬が、四年前に姿を消してしまったアルドリンであるだけに、調査は難しかった。自殺とすれば、あの睡眠薬は、四年以上前に、田熊かねが何処かの薬局で買い求めたことになるのだが、その薬局を探すことも困難だった。四年にもなれば、記憶も薄れてしまう。

しかし、四十八時間経った翌十八日になると、警察としての態度を決める必要に迫られた。

課長室で開かれた記者会見で、課長は、「警察としては、田熊かねの死を、自殺と考える」と発表した。

当然、集った記者の間から、質問が出た。遺書も発見されないのに、自殺と断定するのは、何故かというのである。

「周囲の状態から考えて、自殺と見るのが、妥当と判断したのです」

と、一課長は云った。

「その、周囲の状態というのは、何ですか？」

と、記者達は、喰いついて来た。課長は、小さく咳払いをした。

「第一に、死んだ田熊かねに、自殺の理由があったということです。身寄りのない天涯孤独の境遇であったこと、慢性の心臓病に悩まされていたこと、一人息子を交通事故で失い、将来に希望を持てなくなっていたことなどです。第二に、田熊かねに敵がいなかったことがあげられます。アパートの全員を調べましたが、管理人だった田熊かねを、嫌ったり、恨んだりしていた者はおりませんでした。また、彼女を殺して利益を得る者がいたとも思えないのです。以上のような理由で、自殺と考えたわけです」

「田熊かねの死が、久松殺しと、関係があるとは考えなかったんですか？」

記者の一人が訊いた。同席していた中村は、来たな、と思った。この質問が出ることは判っていた。出なければおかしいのである。それに、新聞記者の立場からすれば、同一犯人による連続殺人の方が、面白い記事が作れるというわけなのだろう。

「勿論、考えました」

と、課長は云った。

「しかし、二つの事件に関係があるという証拠は、発見できませんでした」

「警察は、片岡有木子犯人説をとっているんで、田熊かねの死を、自殺と考えたいんじゃありませんか？」

「絶対に、そんなことはありません」

課長は、温厚なこの人には珍しく、強い語調で否定した。

中村も、そんなことはなかったと思う。自殺と考えられる状況だったから、自殺と断定したのだ。無理に捻じ曲げたわけではなかった。

しかし、心の何処かに、後めたさに似たものが残るのを、中村は感じた。自殺であって欲しいという気持があったことだけは、否定できなかったからである。

夜に入って、やっと、矢部刑事から電話が掛ってきた。沼津からという交換手の声に、中村は、受話器に耳を押しつけた。

「どうだった？」

と、矢部刑事が出るなり訊いた。

「どうやら、判りました」

という、明るい声が、戻ってきた。中村は、自然に、緊張のゆるむのを感じた。

「詳しく話してくれ」

「こちらへ着いてすぐ、彼女の働いていたデパートへ行ってみました。可成り大きなデパートです。そこで聞いたんですが、今年の二月頃、久松実が訪ねて来たそうです」

「やはり、久松も、片岡有木子の沼津時代に、何かあると考えたわけだな」

「そうらしいです。久松は、有木子がデパートを辞めた理由を、しきりに訊いていたそうです」

「それで、デパート側の返事は？」

「それが、はっきりしないのです。六年前、突然、姿を消してしまったので、デパート側でも、どうして辞めたのか、わけが判らなかったそうです」

「しかし、何かあったと思うが」

「私も、そう思ったので、雑貨店もやっている彼女の家を訪ねてみました。久松は、ここにも来ています。しかし、彼女の家でも、何も摑めませんでした。無断で家を飛び出して、揚句の果に、ストリッパーなんかになったというので、勘当していたから手紙も来なかったと、両親は云っていました」

「それで？」

「仕方なしに、今度は、市警を訪ねてみました。彼女が、沼津を飛び出した六年前に、彼女のまわりで、何か事件があったのではあるまいかと考えたからです」

「あったかね？」

「ありました。彼女が沼津を飛び出したのは、六年前の十月六日です。市警にあった記録によると、その前日十月五日に、沼津港の防波堤で夜釣りをしていた十二歳の少年が、溺死しているのです」

「その少年と、片岡有木子が、何か関係があるのか？」

「近所の少年なのです。また、少年と二十歳位の女が、防波堤に並んで腰を下しているのを、見たという人もいます。もっとも、暗かったので、その女が、片岡有木子かどうかは判らなかったそうです」

「その女が、有木子だとすると、彼女が、少年を突き落して殺したということになるのかね？」

「私も、はじめはそう考えました。しかし、市警の調べでは、少年が、誰かに恨まれていた事実はなかったそうです。それで、こんな風に考えてみたんです。彼女が、夜、防波堤に散歩に出かけたら、顔見知りの少年が、釣りをしていた。話好きの彼女は、傍に腰を下して、少年に話しかけた――」

「それを、目撃した人間がいたというわけか」

「そうです。そして、ふざけた拍子に、彼女が誤って、少年の身体を押してしまったのではないか。そう考えてみたのです。夜だし、波は意外に高いのです。落ちた少年の姿は、すぐ見えなくなる。狼狽した彼女は、助けを呼ぶのを忘れて、家に逃げ帰った。こんな風に考えてみたんです」

「成程ね。考えられないことはないし、強請りのタネにもなる。しかし、証拠がなければ、いくら久松でも、恐喝は出来ないと思うがね。そんな事件に、証拠と呼べるようなものがあるかね。あれば、六年前に市警が、彼女を逮捕している筈だろう？」

「それが、あったんです」

「ほう――」

「久松の足どりを追ってみたんです。彼は、有木子が高校時代、最も親しくしていた吉野玲子という娘の家を、訪ねているんです。私も、彼女に会ってみました。そこで聞いた話が、こうなんです」

電話の向うで、矢部刑事が、小さく咳払いをした。

「久松が訪ねて来た時、吉野玲子は大阪へ行っていて、応対には、母親が出たそうです。その時、久松は、東京で有木子と結婚したと嘘をつき、彼女が、吉野玲子宛に出した手紙を見せて欲しいと頼んだらしいのです。考えてみれば、訝《おか》しな依頼ですが、昔気質の母親は、断われずに、全部見せたらしいんです。吉野玲子が戻ってから、その話を聞き、あわてて調べてみると、一通だけ紛失していたというのです」

「久松が盗んで行ったというわけだな？」

「と思います。母親は、久松が手紙を読んでいる間、気を利かした積りで、席を外していたといいますから、一通だけポケットにいれるチャンスは、充分あったわけです」

「盗まれた手紙というのは？」

「吉野玲子の言葉では、有木子が姿を消す時、渡して行った手紙だというのです。中には、昨日、とんでもないことをしてしまった。どうして良いか判らないといったようなことが、書いてあったそうです。この手紙と、六年前の事件を結びつければ、充分に、強請りのタネになると思うんですが」

「確かに充分だよ」

中村は、受話器に向って頷いたが、ふと、思いついて、

「その吉野玲子という娘が、今度の事件に関係しているということはないだろうね？責任を感じて、久松から手紙を取り戻そうと思い、彼を殺した——まさか、そんなことはないと思うんだが」

「念のために、その点も調べてみました。しかし、吉野玲子は、今度の事件に関係ありません。十一月十五日には、一日中沼津にいたという確実なアリバイがあります」

「それならいい」

中村は、満足して、受話器を置いた。

5

事態は、一歩前進した。

中村は満足し、椅子に深く腰を下すと、煙草を取り出して火を点けた。久しぶり

に、煙草が美味い。

今まで、推測の域を出なかった「恐喝」が、矢部刑事からの今の電話で、はっきりした事実となったのである。久松が、沼津へ行き、片岡有木子の秘密を盗み出したことは、はっきりした。強請りが現実に行われていたことは、これで、立証出来たと同じである。有木子の動機だけは、これだけの材料が揃えば、公判廷で証明できる筈だ。

中村は、穏やかな顔になって、今の電話のやりとりを思い返していた。が、そのうちに、彼の顔が、次第に難しいものになってきた。

矢部刑事の報告によって、確かに、事態は一歩前進した。だが、中村の気になったのは、強請りのタネになったものが、手紙ということだった。

中村は、立ち上がるとキャビネットをあけて、保管してある久松実の預金通帳を取り出した。六月五日に三十万円。十月三十日に二十万円。そのいずれも、片岡有木子から巻きあげたものと考えてきた。そして、三度目の強請りが、久松の命取りになったに違いないと、推測してきたのである。片岡有木子をクロと考えれば、そう推理するのが、自然だったからである。

しかし、強請りのタネが、手紙だったとすると、果して、二回も三回も強請れるものだろうか？

もし、彼女が、一回目の三十万円で、その手紙を買い取ってしまえば、二回目の二十万円の相手は、別の人間ということになってくる。

中村は、不安を押えつけるように、腕を組んだ。灰皿に置いた煙草が、白い煙をあげている。彼は、その細い煙を睨んだ。

勿論、久松が、その手紙を複写機にかけて、コピイを取っておいたとしたら、何回でも強請れた筈である。だが、そう考えても、安心できないものが、中村の胸に生れていた。

翌日、中村は、預金通帳にある三星銀行四谷支店に足を運んだ。矢部刑事が、この通帳を発見してきた時、電話で、銀行に確めることはしてある。しかし、その時には、五十万円の預金が、実際にあるかどうかを、確認しただけだった。

三星銀行四谷支店は、国鉄四谷駅の近くにあった。中村は、居心地の良い支店長室に通された。

「六月五日の時は、確かに、久松さんご自身が、お見えになりました」

と、髪を綺麗に分けた中年の支店長が云った。

「窓口の者が、確認しております。三十万円の小切手を持っていらっしゃって、普通預金の口座を作って欲しいと言われたのです」

「その小切手のことを、憶えていますか？」

「だいたいのところは、憶えております」

「振出人は誰でした？」

「確か、N興業だったと思います。芸能プロの——」

「成程」

と、中村は頷いた。片岡有木子は、N興業の斡旋で、沖縄に行っている。符節は合っていた。

問題は、もう一つの二十万円である。

「十月三十日の二十万も、N興業振り出しの小切手でしたか？」

「あの二十万は違います」

と、支店長が云った。

「小切手ではなくて、現金です。通帳の欄外に、二十万のところにはAという印がついています。これが、現金の符号なのです」

「しかし、窓口に来たのは久松ですね？」

「それが、ここでは判らないのですが」

「判らないというのは？」

「私のところの上野支店から、ここの久松さんの口座に、振り込まれたものだからです。従って、詳しいことは、上野支店でないと、判りかねるのですが――」

6

中村は、上野に回った。

三星銀行上野支店は、上野駅の真ん前にあった。硝子《ガラス》ドアを押して、店内に入りながら、中村は、上野と、浅草の間の距離を考えていた。

浅草から上野までは、歩いても十分か十五分、車なら五分の距離だ。浅草六区の美人座で踊っていた片岡有木子が、舞台の合い間に、上野まで、二十万円を振り込みに来たのかも知れない。時間的には楽に来られる。だが、浅草にも、銀行はある筈だ。三星銀行の支店も、勿論あるだろう。二十万円の主が有木子なら、何故、浅草で振り込まずに、わざわざ、上野まで来たのか。その疑問が、中村の不安を強くした。

上野支店の支店長は、中村の話を聞くと、為替係の女事務員を、呼んで呉れた。

「この娘《こ》が、振り込みの方の窓口をやっております」

と、支店長が云った。二十五、六の小柄な女だった。中村が、十月三十日の二十万円のことに触れると、

「お見えになったのは、若い女の方でした」

と、彼女は云った。

「確か、一万円札ばかりで二十万円でした」

「その女の顔を見ましたか？」

「ええ」

と、頷いてから、彼女は、曖昧な表情になって、

「でも、はっきりとは憶えておりません。十月三十日は、月末の上に土曜日で、半日ですのでお客様が、立て込んでいて――」

「とにかく、この写真を見てくれませんか」

中村は、用意してきた片岡有木子の写真を、女に見せた。

「どうですか？　この女じゃありませんか？」

「さあ」

と、彼女は、首をかしげてしまった。

「よく判りません。混んでいましたし、あの方は、濃いサングラスをしていらっしゃ

ったので——」

「その女が来た時間は、憶えていますか?」

「はっきりとは、憶えておりません。でも、土曜日で半日でしたから、午前中だったことは確かです。十時頃じゃなかったかと、思うんですけど」

「振り込みには、何か、用紙があるわけですか?」

「はい。振込伝票というのがございます。それに、記入して頂くことになっておりまます」

「その女が書いたものを、見せて貰えませんか」

中村が頼むと、支店長が、保管してある伝票の中から、該当の一枚を、抜き出して来て呉れた。

赤インクで印刷された用紙で、一番上に、「普通当座口振込入金伝票」と、長い文字が並んでいる。中村は、「振込人住所氏名」と書かれた欄に、眼をやった。

〈東京都台東区東上野三の一六　田中春子〉

と、ボールペンで記入してあった。印鑑はない。入金の場合は、押印の必要はないのだと、支店長は云った。押印の必要がなければ、それだけ、偽名は使い易いことになる。田中春子というのは、恐らく偽名に違いないと、中村は思った。

中村は、その伝票を借りて、銀行を出た。台東区東上野三丁目というのは、上野駅前一帯である。中村は、念のために、伝票にあった番地を訪ねてみたが、案の上、該当番地に、田中春子という人間はいなかった。やはり偽名らしい。問題は、この田中春子が、片岡有木子かどうかということである。

中村は、捜査本部に戻った。

片岡有木子の筆跡は、宮崎刑事が、彼女の部屋から押収して来たものの中にあった。N興業と交わした契約書の写しである。それに、彼女自身の署名がある。

中村は、それを、伝票の文字と比べてみた。素人眼には、違った人間の筆跡に見え、中村をがっかりさせたが、偽名を使った時には、筆跡も、わざと違えて書く筈である。素人眼は、あてにならない。

中村は、筆跡鑑定のために、その二つを、警察科学研究所に送った。

鑑定は手間どった。結果が判ったのは、丸一日たった十一月二十日土曜日になってからである。

〈同一人の筆跡とは、認め難い〉

報告書には、そう書いてあった。中村は、自信が崩れて行くのを感じた。

第六章　天使の影

1

同じ日の午後、日東新聞社会部では、デスクと田島が、牛乳の分析結果の報告を受けていた。

電話に出たデスクは、友人からの報告を、頷きながら聞いていたが、受話器を置くと、難しい顔になって、田島を見た。

「どうやら、君の推理は、空まわりだったようだな」

と、デスクが云った。

「アルドリンが検出されなかったんですか？」

田島は、こわばった顔を、デスクに向けた。デスクが頷いた。

「ああ。まざりっけなしの牛乳だったそうだ」

「――――」

「僕も残念だが、分析の結果は、信じるより仕方がないな」

「しかし、田熊かねが、牛乳を飲んですぐ、倒れるように眠ってしまったのを、この眼で見たんです」

「その時は、睡眠薬を飲んだからではなくて、本当に、彼女は、眠たかったんじゃないかね。管理人の仕事は退屈に決っている。それに君が行ったのは、午後の三時頃で、丁度眠くなる頃だ。彼女が眠ったとしても不思議じゃない。君が帰ってから、彼女は眼を覚まし、空の牛乳瓶を箱に戻した。そのあとで、自殺のために、アルドリンを飲んだ。こう考えることも出来るじゃないか」

「――――」

確かに、デスクの云うことも、理屈に合っている。だが、田島には納得できなかった。田熊かねの咽喉《のど》に流れ込んでいく、牛乳の白さが、今でも、田島の眼に焼きついて、離れないのだ。あの白い牛乳の中に、睡眠薬が混入されていたに違いないのだ。

だが、分析の結果は、彼の想像を、無残に打ち砕いてしまった。

(犯人は、用心深く、もう一度、牛乳瓶をすり替えておいたのだ)

田島は、そう思った。田熊かねの死を、他殺と見る限り、他に考えようはない。だが、どうやって、それを証明したらいいのか。証明する方法があるだろうか。

「あまり、がっかりしない方がいいな」

と、デスクが、慰めるように云った。

「こんなことは、よくあることだ」

「あの瓶は、どうなったでしょう?」

田島が訊いた。

「瓶?」

と、デスクは、訊き返してから、

「ああ、あの牛乳瓶なら、友人のところにまだある筈だ。しかし、どうするんだ? アルドリンが検出されなかったんだから、捨ててしまっても、構わんだろう」

「念のために、指紋を調べてみたいんです」

「そりゃあいいが、君の期待するような具合にはいかんと思うね。管理人の指紋じゃなくて、犯人の指紋が出るなんてことは、先ずないと思うがね」

「判っています」

と、田島は云った。だが、やることだけは、やってみたかった。そうしなければ、自分を納得させられなかった。

2

田島は、すぐ、牛乳瓶を受け取りに出かけた。あの時と同じように、ハンカチに包んで持ちかえると、デスクが、専門家に送る手続きをとってくれた。

「わがままを云って、すみません」

と、田島が云うと、デスクは、小さく笑った。

「あんまり殊勝なことを云うなよ。擽《くすぐ》ったくてかなわん」

「どうも――」

「まあ、煙草でもどうだ」

デスクは、ポケットから、ホープを取り出して、田島にすすめた。

「指紋の検出も、一日は、たっぷりかかるからね。ゆっくり待つさ」

「頂きます」

田島は、煙草を咥えて、火を点けた。苦かった。

「さっき、君に電話が掛ってきた」

デスクは、田島を見て云った。

「誰からです?」

「君の彼女からさ。名前は、山崎昌子と云っていた。三角山に、一緒に行った娘さんだろう?」

「はあ」

「あの時、撮った写真が、出来ていたら見たいそうだ」

「出来てることは出来てるんですが、あの事件で、いい写真が撮れなくて」

「馬鹿だな」

と、デスクは笑った。

「写真は口実だよ。君に会いたくて、電話して来たんじゃないか。これから会って来たらどうだ? どうせ、指紋の方は、明日にならなきゃ判らんのだから」

「しかし――」

「行って来いよ」

デスクは、大きな手で、田島の肩を叩いた。

「仕事にかまけて、あんまり放ったらかしにして置くと、悪い虫がついちまうぞ」

「そんなことは――」

「その自信が危いんだ。女の気持は、男には判らんからな。しっかり摑まえといた方がいい。それに、今日は土曜日だ。女の子が、恋人に電話したくなる日だよ」

「しかし、事件が――」

「行って来い」

デスクは、大きな声を出した。

「行かないと、叩き出すぞ」

「おどかさないで下さい」

と、云ってから、田島は、急に、じーんとしたものを感じた。田島は、その気持を隠そうとして、わざと眉をしかめて見せた。

「あんまり優しくされると、後が怖いな」

3

デスクに云われるまで、田島は、今日が土曜日ということを忘れていた。十一月二十日ということは判っていても、それは、久松が殺されてから、五日経ったという意識でしかなかった。

(恋人としては、落第かも知れないな)

電車に乗ってから、そんな思いが、田島の胸をかすめた。

昌子の住んでいるアパートは、小田急線の「成城学園前」にあった。駅を降りた時、周囲には、夕闇が立ち籠め、商店街は明りをつけていた。

田島は、駅前の果実店で、昌子の好きな林檎を買った。

昌子は、部屋にいなかった。廊下にいた女が、「山崎さんは、お風呂に行ったらしいですよ」と、云った。

田島は、牛乳箱の裏から、鍵を取り出して、ドアを開けた。

明りをつけてから、小さな台所を覗くと、石鹸箱が見えなかった。矢張り風呂へ行ったらしい。

六畳一間の部屋だが、若い女の部屋らしく、きちんと整頓されている。万年床で、一週間に一度しか掃除をしない田島の部屋とは、たいした違いだった。

田島は、既に何回か、この部屋で昌子と会っている。だが、勿論泊ったこともないし、彼女の留守に入ったのも、今日が初めてだった。勝手に入っても良いと云われていたし、鍵の置き場所も教えられていたが、ひとりで彼女の部屋に入っていると、彼女の秘密を覗いているような奇妙な気持がする。

窓際に小さな机があった。ぼんやりと、その机を見ているうちに、ふと、引出しを覗いてみたい誘惑を感じた。あわてて眼をそらせたが、一度生れた好奇心は、消えてくれなかった。何度か躊躇《ためら》ったあと、田島は、誘惑に負けて手を伸ばした。

引出しの中も、きちんと整理されていた。手紙や葉書の類は、まとめて紐で束ねてあった。これも、自分とは、たいした違いだなと、田島は思った。彼の机は、必要品と不用のがらくたが同居している。風呂に行こうとして、どうしても石鹸箱が見つからず、止むを得ず新しいのを買ったことがあったが、翌日、机の引出しをあけたら、失くした筈の石鹼箱が出て来たこともある。何故、石鹼箱が机に入っていたのか、未だに判らない。ひどい時には、靴墨が入っていたり、手袋が押し込んであったりする。酔って帰った時、自分でも判らずに押し込んでしまったらしい。自分では憶えていないのだ。

昌子の引出しには、そんなものは入っていなかった。代りに茶色の手帳が入っているのを見つけて、田島は手にとった。

頁を繰ってみると、家計簿代りに使っているらしく、「ネギ三十円」とか「シームレス二百六十円」といった文字が並んでいた。

田島は、自然に、微笑の浮んでくるのを感じた。若い娘の生活の中に、ふと、世帯染みた面を発見するのは、楽しいものである。田島は、手帳を戻そうとしたが、何気なく開いた最後の頁に、次の文字を発見して、手を止めてしまった。

四谷＝8296

M

電話番号らしいと、思った。Mというのは、相手の人間の頭文字《イニシアル》だろうか。

田島は、デスクの言葉を思い出して、微かな狼狽を感じた。

田島は昌子を愛しているし、結婚する気でいる。だが、恋人として、自分が合格だろうかと考えると、自信がなかった。事件が起これば、日曜日でも駈けずり回らなければならないし、デイトの約束をしていても、潰《つぶ》れることが多い。潰すのは、いつも彼の方だ。仕事だから仕方がないと云ってしまえば、それまでだが、昌子にしてみれば、不満に思うこともあるのではないだろうか。

(四谷)8296という番号は、田島のアパートの電話番号ではない。それに、Mでは彼のイニシアルにならない。

自分以外に、彼女に男がいるとは考えたくない。しかし、冷静に考えれば、昌子は、どんな男性にとっても、魅力のある娘であるに違いないのだ。彼女が働いている商事会社にも、彼女に好意を持っている青年がいたとしても不思議はない。Mというのは、そうした男性の一人ではあるまいか。

(安心しすぎていただろうか？)

狼狽の深くなるのを感じた時、廊下に足音が聞こえた。

田島は、あわてて、手帳を引出しにしまった。

4

ドアが小さく開き、不安そうに顔を覗かせた昌子は、そこにいるのが田島と判って、安心したように笑って見せた。

「昨日、お隣りに空巣が入ったの。だから、明りが点いてるのを見て、びっくりしちゃった」

部屋に入り、洗面道具を片づけながら、昌子が云った。化粧を落した湯上りの顔が、蛍光灯の下で光って見えた。

「お待ちになった？」

「いや、今、来たんだ」

喋りながら、田島は、まだ手帳の文字に拘っている自分を感じた。不安は、彼女の顔を見たことで、消えてはくれなかった。

昌子は、茶を入れ、田島の買ってきた林檎をむいた。田島は、彼女の白い指先が、たくみに動くのを見ながら、今日の自分が、昌子の動作の一つ一つを、新鮮に感じているのを知った。彼女を失いたくないと、強く感じているせいだろうか。

「いやだわ——」

と、急に、昌子が云い、顔を赧くした。

「そんなに見つめられると、手が動かなくなっちゃう——」

「ごめん」

と、田島はあわてて云った。が、自分の気持の証明に窮して、黙ってしまった。

「写真できた？」

「ああ」

田島は、昌子の指先から眼をそらし、ポケットに手を突込んで、写真を取り出した。

「例の事件で、一枚しか撮れなくてね」

と田島は云った。

「焼きつけが悪いんで、色は良く出てないけど、ポジをスライドにかければ、きっと素晴らしい色が出ると思うんだ。今度、僕のアパートに来た時、スライドで見せてあげる」

「やっぱり、変な恰好に写っている」

と、昌子は云った。

「いやだわ」

「そうかな。ユーモラスで、なかなかいいと思うんだが」

「いやよ。しゃがんで、靴を持ち上げているところなんて。こんな恰好の私が、田島さんのイメージになって欲しくないもの。ネガも返して下さらない。燃やしてしまいたいの」

「大袈裟《おおげさ》だな」

田島は笑ったが、昌子は、生真面目な顔で、ネガを欲しいと繰り返した。

「オーケイ」

と、田島は云った。

「この次に来る時に、ネガも持ってくるよ。どうせ、君に上げる積りだったんだから」

「すみません」

昌子は、急に声を落して云った。

何となく、二人を包んでいる空気が、重くなったような気がした。

田島は、また、手帳にあった文字を思い出した。不安が彼の胸をよぎった。自分の他にも、二人だけで、昌子の写真を撮っている男がいるのではあるまいか。

田島は、何とはなく腕時計に眼をやった。いつの間にか、九時を過ぎていた。もう辞去すべき時間かも知れない。そう思いながら、田島は、腰を上げることが出来なかった。今、このまま部屋を出たら、昌子を失ってしまいそうな不安を感じたからである。

馬鹿げた不安とは、自分でも判っていた。明日、急に、昌子が彼の前から姿を消してしまうなどということがある筈がない。不安だったら、明日、昌子に電話すればいいのだ。そうすれば、明るい彼女の声を聞くことができる筈だ。それは判っている。判っていながら、田島は、彼女を失う想像に怯《おび》えた。

田島は、眼をあげて、昌子を見た。彼女を失いたくないという思いが、強く、彼の胸をしめつけた。あのMというのが、男性のイニシアルなら、その男に、昌子は絶対に渡したくない。絶対に――

田島の眼の前に、昌子の白く細い指があった。その白い指を今、摑まなければ、眼の前から消えてしまいそうな不安を感じて、田島は、強い力で摑んだ。

昌子の顔が、ぱっと赧くなった。

田島は、そのまま、彼女の身体を引き寄せた。彼女は逆わなかった。重量感のある昌子の身体が、田島の腕の中に倒れてきた。

昌子は眼を閉じ、口を小さく開いていた。淡い石鹸の匂いと、甘酸っぱい女の匂いがした。

田島は、彼の腕の中で、彼女の身体が微かに震えているのを感じた。喜びの期待のためか、恐れのためか、田島には判らない。だが、その震えが、田島の感情を高ぶらせ、欲望を刺激した。

田島は、いきなり、唇を押しつけた。昌子は、眼を閉じたまま喘いだ。唇が離れた時、彼女の唇に、薄く血が滲んでいた。

昌子は、眼を開いて田島を見た。

「怖いわ」

と、彼女は小さい声で云った。

「怖い――？」

「貴方を失いそうな気がするの。だから――」

「馬鹿なっ」

と、田島は云った。また、不安が、胸をかすめた。

「君を離すものか」

田島は低い声で云い、前よりも強い力で、昌子の身体を抱きしめた。手が、セーターの上から乳房を摑んだ。

「あっ」

と、昌子は、小さく叫ぶように云ってから、自分から、身体を押しつけてきた。呼吸が荒くなっていた。

「どうにでもして――」

手が絡み合い、唇が合わさった。田島の手が伸びて、スカートのチャックを引き下げた。昌子は、眼を閉じて、彼のなすに委せていた。

田島は、女と遊んだことがないわけではない。水商売の女とだが、二、三度寝たことがある。だが、彼の技巧は稚いものだった。ただ、狂暴なだけだった。昌子は、処女だった。恐らく、快感はなかったろう。彼女は眼を閉じ、必死に、彼にしがみついていた。

終ったとき、田島は、昌子の閉じた眼に、うっすらと、涙が滲んでいるのを見た。この涙は、何なのか？

「後悔しているのか？」

と、田島は訊いた。訊くべき時でも、言葉でもないことは、彼も知っている。だが、彼女の頬が濡れているのを見ると、訊かずにはいられなかった。

昌子は、小さく頭を横にふった。

「嬉しいの。貴方に、私をあげられたことが嬉しいの」

「結婚しよう」

と、田島は、云った。

「結婚？」

「そうだ。結婚するんだ。こうなったから云うんじゃないんだ。君に最初に会った時から、結婚する気だった。君はさっき、僕を失うような気がすると云ったね。僕も、君を失うような気がして怖いんだ。君は魅力がある。君に、僕以外の男がいても、僕は――」

「もう、黙って」

昌子が、強い声で云った。

「お願い。黙って私を抱いて――」

5

朝。

雨が降っていた。

田島は、そっと、起き上った。昌子は、まだ眠っていた。その顔には、まだ涙の跡が残っていた。

起き上ってから、今日は、日曜日なのだと思った。彼には仕事が待っているが、彼女は、このまま寝かせておいてやりたかった。

田島は、足音を殺して、部屋を抜け出した。

雨に濡れながら、駅まで歩いた。うっすらと血の滲んだ昌子の唇、彼の掌の中で、朱く染った彼女の乳房、白く、濡れたように光っていた彼女の太もも。そうしたものが、田島の眼に残っている。

(だが、昌子を、完全に自分のものに出来たのだろうか?)

イエスと云いきれる自信がなかった。彼女を抱いたあとも、不安は、彼の胸から消えていないのだ。

昌子の愛を、信じられないというのではなかった。愛がなければ、彼女が許す筈がなかった。昨夜の行為は、単なる機械的な肉体の接触ではなかった。あれは、愛の行為だったのだ。

だが、何かが欠けている。何かが、彼を不安にさせる。

田島は、手帳の文字を思い出した。小田急新宿駅で降り、地下鉄の乗り場まで歩いて行く途中、公衆電話ボックスを見つけて、中に入った。

ポケットから十円玉を取り出したが、現在では、局名がなく、全て局番で呼んでいることを思い出した。四谷の局番は、何番だったろうか?

田島は、一〇四を回して訊いてみることにした。

「四谷という局名は無くなりました」

と、交換手は事務的な声を出した。

「それは判っているんだ」

田島は、低い声で云った。不安が、彼の語調を乱暴なものにしていた。

「だから、昔の四谷局が、今、何番なのか教えて貰いたいんだ」

「四谷だけでは、判りかねます」

「判らないって、何故？」

「昔の四谷局は、いくつにも分れているからです。三五一、三五二、三五三、三五四、三五五、三五六、三五七、三五九、全部、昔の四谷局です。三五八局というのが抜けているだけです。だから判らないと申し上げたんです」

交換手の声も、素気ない調子になっていた。

「相手の名前が判れば調べようもありますけど、そうでなければ無理です」

それだけ云うと、交換手は、向うから電話を切ってしまった。

田島は、ぼんやりとした表情で、電話ボックスを出た。四谷＝8296というのは、電話番号ではなかったのか。しかし、電話番号でないとしたら、何なのだろうか。

田島は、割り切れない気持のまま、出社した。

「どうした？」

デスクが、声をかけた。

「何でもありません」

田島はあわてて云った。

仕事だと、田島は自分に云い聞かせた。仕事に没入して、いわれのない不安は忘れてしまうことだ。手帳にあった下らない文字のことなど、忘れてしまうことだ。

「やりますよ」

と、田島は、大きな声で云った。

「警察の鼻をあかせてやります」

「あんまり、張り切りすぎないでくれよ」

デスクが笑った。

午後になって、指紋検出の報告が届いた。封を切って、読んでいたデスクは、渋い顔になって、田島を見た。

「指紋も、田熊かねのものしか検出できなかったそうだ。僕も君も、直接手は触れなかったし、牛乳屋は手袋をはめて配達する筈だから、田熊かねの指紋しか出なかったというのは、理屈に合っている」

「報告書を見せて下さい」

田島は、デスクから、封筒ごと受け取って、眼を通した。確かに、デスクの云った通りの言葉が並んでいる。だが、検出された指紋は、右手の指紋だけだという但書きがついていた。

「それも読んだよ」

と、デスクは云った。

「左手の指紋のついていないのは訝しいということだろう？」

「そうです。作為が感じられますよ」

「君が見た時、田熊かねは、左手で飲んでいたのかね？」

「いえ、確か右手に持って飲んでいました」

「それなら、問題はないじゃないか。空瓶を片づけるのも、右手だけで出来る筈だ。違うかね？」

「飲んで、片づけるだけなら出来るかも知れません。しかし、飲むには、フタを取らなきゃならない筈です。紙のフタの上には、セロファンも、かぶせてあります。僕も朝、牛乳を飲んでいますが、片手だけで取れません。左手で瓶を摑んで、右手でフタを取るのが普通です。彼女は右利きの筈ですから、空瓶には左手の指紋もついていなきゃならないんです」

「すると、矢張り、犯人が瓶をすりかえたと考えられるな」

「そうです。犯人がミスしたんです。田熊かねは、矢張り自殺でなく他殺ですよ。それも、久松実殺しと、関係があると思うんです。彼女自身は、人に恨まれていなかったということですから、殺される理由は、三角山事件にあると考えられると思うんです」

「もし、その想像が当っているとすれば、久松を殺したのは、片岡有木子ではなくなるな」

「そうです。うまくいけば、警察を出し抜けます」

「出し抜けるかも知れんな」

デスクも、にっと笑った。

「警察は、どうやら、壁にぶつかっているようだからね」

第七章　フィルム

1

中村警部補は、壁に突き当ったのを感じていた。

筆跡鑑定の結果を、無視することは出来ない。筆跡鑑定が、必ずしも、絶対的なものではないことを、知らないわけではない。裁判の時に、検事側と弁護側から、異った鑑定報告が提出されることのあることも、中村は知っている。しかし、だからといって、科研の報告は無視できなかった。

三星銀行上野支店に現われたサングラスの女は、片岡有木子ではない。鑑定結果を信用すれば、その結論にならざるを得なかった。そして、この結論は、片岡有木子犯人説をとる捜査当局にとって、大きな壁になるものだった。

だが、片岡有木子の線を、簡単に捨てさるわけにはいかなかった。彼女が、久松に秘密を握られていたことは、事実だし、強請られていたことも、確かなのだ。問題は、六月五日の三十万円で、久松との関係が切れたかどうかということだった。もし、三十万で、彼女が問題の手紙を買い取り、久松もコピイを作っていなかったとすれば、片岡有木子には、久松を殺す動機が無いことになってしまうのだ。彼女が逃げたのも、久松を殺したからではなく、沼津での事件を、警察に知られたと思った為ということになる。問題は、コピイだった。

「作ってあったと思いますね」

と、矢部刑事は云った。

「久松は、一筋縄でいかない男だったようですからね。三十万で手紙を返しておいて、また、そのコピイで強請るぐらいのことは、やりかねなかったと思います」

宮崎刑事も、同じ意見だと、云った。だが、そのコピイが見つからなければ、捜査は、振り出しに戻る恐れがある。

青葉荘アパートの久松の部屋が、もう一度、念入りに調べられた。この調査には、三人の刑事が動員された。

しかし、手紙のコピイは、見つからなかった。代りに、矢部刑事が、妙なフィルムを発見して、捜査本部に持ちかえった。

矢部刑事の話によると、雑誌の頁の間に、挟んであったのだという。

フィルムは、空色の封筒に入っていた。ありふれた封筒だった。その表に、赤鉛筆で、次の文字が書き込んであった。

A.B.C.

中村は、そのアルファベットを睨んだが、何のことか判らなかった。恐らく、中に入っているフィルムの説明なのだろうと思い、中村は、フィルムを取り出した。

三十五ミリカメラで撮ったネガフィルムだが、入っていたのは、一齣《こま》だけだった。

中村は、そのフィルムを、眼から少し離して見つめた。

和服の女が、真中に写っている。それと、学校の門みたいなものが見える。女は、その門を入ろうとしているところだった。

女は、片岡有木子だろうか？

中村は、眼を凝らしたが、フィルムが小さいのと、女が、背中を見せて写っているので、彼女かどうか判らなかった。

「とにかく、引き伸ばしてみよう」

と、中村は云った。

「一枚だけ、特別に封筒に入れてあるところをみると、曰《いわ》くのある写真らしいからね」

「この写真も、久松が、強請りに使ったのかも知れませんね」

「私も、そんな気がする」

と、中村も云った。

2

一時間ほどで、その写真は、四つ切りに引き伸ばされて戻って来た。

「これ以上伸ばすと、かえって、ボケて判らなくなります」

と、写真室の技師は云った。

「急いでシャッターを切ったらしく、少し、ぶれていますから」

技師の言葉は本当だった。四つ切りでも、画面は多少ボケていた。

引き伸ばしても、和服の女が、片岡有木子かどうか判らなかった。後姿だが、彼女より少し年とっているような気もしたが、それは和服のせいかも知れない。

門はコンクリート造りらしかった。門の両側は低い塀である。学校か病院らしいが、門に書いてある筈の字は、ボケてしまって読めなかった。

画面の右隅に、低い山脈《やまなみ》が写っていた。

「郊外らしいですな」

と、矢部刑事が云った。

「近くに、他のビルみたいなものは見えませんし、女の立っている道路は、舗装されていないようです」

「問題は、この女だ」

中村は、写真を睨むように見ながら、云った。

「後姿じゃ誰だか判らん。片岡有木子だと助かるんだがね。これが、新しい彼女の秘密なら、新しい動機が生れたことになる」

「美人座の踊り子に見せたら、どうでしょうか？　女の観察眼は鋭いといいますから、後姿だけでも、判断できるかも知れません」

「そうだな」

と、中村も頷いた。他に、判断の方法はないようだった。

矢部刑事は、引き伸ばした写真を持って、浅草へ飛んで行った。

中村は、もう一度封筒に眼をやった。赤鉛筆で書かれた「A.B.C.」のアルファベットは、一体、何の意味だろうか？
A、B、C、の各文字の傍に、点が打ってあるところをみると、何かの言葉の略なのだろう。だが、何の略なのだろうな？
中村は、英和辞典を取り出して、調べてみた。

ABC＝アルファベット。初歩、手ほどき
　the ABC of economics（経済学の初歩）
A.B.C.＝南米三国（Argentina. Brazil. Chile）
ABC（shop）＝〔Aerated Bread Company 経営の〕連鎖喫茶店
A.B.C.＝America Broadcasting Company

どの頁を開いても、これ以上のことは、出ていなかった。中村は諦めて、辞典を放り出した。

矢部刑事が戻って来たのは、夕刻近くだった。

「踊り子全員に見て貰ったんですが、皆が、この女は、エンゼル・片岡じゃないと云うんです」

「後姿だけで、よく片岡有木子でないと判ったな？」

「私も、いやにあっさり断定したんで、理由を訊いてみました。連中の云う理由は、こうなんです。全体の感じも似てないそうですが、その他に、髪の形があるそうです」

「髪の形？」

「写真の女は、アップにしていますが、片岡有木子は、それが嫌いで、一度も、アップにしたことがないそうです。つまり、アップにすると、老けて見えるといって」

「他の理由は？」

「和服の着こなしのことも、云っていました。私には判らんのですが、写真の女は、とても和服を着慣れているそうです。ところが、エンゼル・片岡こと片岡有木子の方は、和服の着方の下手なので有名だったそうです。一度だけ、舞台で、和服を着て踊ったことがあるそうですが、全然サマにならなかったと、云っていました」

「成程ね」

「連中に云わせると、写真の女は、二十代じゃなくて、三十代に見えるそうです。和服を着慣れている感じや、柄《がら》から、そう見えると云うんです。案外、あの連中の批評は当っているかも知れません」

「三十代か――」

中村は、彼自身も、写真を見た時に、同じ感じを持ったことを思い出した。だが、同時に、この写真が、第二の壁になりつつあることを、中村は感じていた。筆跡鑑定に続いて、片岡有木子に無関係なものが、もう一つ飛び出して来たからである。

3

その夜、新しい事態に対する捜査会議が開かれた。

会議は、重苦しい雰囲気で始められた。捜査当局として抱いていた、片岡有木子がクロという線が、崩れ始めてきたからである。

南多摩署からも、依然として、片岡有木子が、現地で目撃されたという報告は、届いていなかった。

凶器として使用された短剣の調査も、殆ど進んでいなかった。犯人が、ヤスリを削って短剣を作ったことを、何故、こんな面倒なことをしたのかと、最初は不審に思ったのだが、今になって考えると、それだけの利益を、犯人に与えていることに、中村は気付いた。短刀や登山ナイフの類だったら、どうにかして出所を突き止められるのだが、ヤスリでは、そうもいかなかった。

「まだ、片岡有木子の線は、捨てられない」

と、課長は云った。

「だが、彼女と同じように、動機を持った人間が別に現われたことも、否定できない。三星銀行上野支店に現われた女は、筆跡鑑定の結果からみて、別人とみなければならない。二十万円が強請られたものとすれば、この女にも、片岡有木子同様に、久松を殺す動機があったことになる。この女が何者なのか、強請られていた秘密は何なのか、それを調べる必要がある」

課長は、一度言葉を切って、例の写真を手にとった。

「もう一つの問題は、この写真だ。ここに写っている女が、銀行に現われたサングラスの女と同一人とすれば、強請りのタネは、このわけの判らない写真ということになる。だが、別の女とすれば、この写真の女のことも、調べる必要がある」

「もう一度、久松の女性関係を洗って貰いたい」

と、課長の後《あと》に立った中村は、刑事達に云った。

「片岡有木子以外にも天使がいたかどうか、調べるんだ」

翌日から、刑事達の聞き込みが、また始められた。

昼頃になって、週刊真実社に回っていた矢部刑事から、電話が入った。

「久松に関係があったと思われる女が一人、見つかりました」

と、矢部刑事は、電話口で云った。

「新宿三丁目にあるバーのマダムです。女の名前は判りませんが、店の名前が気になるんです。エンゼルという名前だそうですからね」

「エンゼル？」

中村は、空色の封筒の表に、赤鉛筆で書かれてあった文字を思い出した。最後のCは判らないが、最初のAと、次のBには、うまく当てはまりそうである。

A＝Angel　B＝Bar
というわけである。もし、店のマダムというのが、千春とか、千寿子という名前だったら、そのイニシアルは、Cになって、ぴったり一致する。それに、バーのマダムなら、和服の着こなしも、うまいのではあるまいか。

「その店には、私が行ってみよう」

と、中村は云った。

「ひょっとすると、写真の女かも知れん」

4

バー・天使《エンゼル》は、すぐ判った。が、マダムの名前は、中村が期待したものとは、違っていた。絹川文代では、姓、名とも、イニシアルはCにならない。

だが、和服姿は、よく似合っていた。

文代は、中村が警察手帳を見せても、別に驚いた様子は見せなかった。

「そろそろ、刑事さんの来る頃だと思ってたわ」

と、文代は云った。

「この間、新聞記者が来て、あたしのことを調べて行ったわ」

「新聞記者？」

「日東新聞の田島とかいう人――」

「知ってる」

と、中村は云った。

「ところで、君と久松との関係だが」

「結婚を餌に欺されて、久松に貢いでいた哀れな女よ」

文代は、乾いた声で云った。

「すると、久松を憎んでいたわけだね？」

「新聞記者《ぶんや》さんも刑事さんも、同じことしか云えないのね」

文代は、小さな笑い声を立てた。

「久松を憎んでいた筈だ。動機はある筈だ。その次は、アリバイがあるのか、でしょう？」

「その通りだ」

中村は苦笑した。

「十一月十五日の午前十時から十二時まで、何処にいたか答えられるかね？」

「田島とかいう新聞記者と、丸っきり同じことを訊くのね。答も同じよ。あたしはベッドで寝てたわ。つまり、アリバイなしってわけね」

文代は、肩をすくめた。

「逮捕するんなら、したらいいわ」

「これだけでは、まだ逮捕できない」

「慎重なのね。刑事って、もっと気が短いのかと思ったわ」

「まるで、逮捕して貰いたいみたいな云い方だね」

「どっちでもいいのよ。何だか生きているのがいやになっちゃったから」

「久松を愛していたのかね？」

「詰らないことを訊くもんじゃないわ。あんな男を、本当に愛せるもんですか。だけど、いなくなったら、妙に寂しい気がするのよ。それだけのことよ。判ったら帰って頂戴な」

「まだ帰れないね」

「まだ何か、訊くことがあるの？」

「君の写真を撮らせて貰いたいんだ。構わないかね？」

中村は、借りて来たカメラを、持ち上げて見せた。

「君が美人なんで、二、三枚写したくなったんだ」

「下手に弁解はしない方がいいわ。誰かに見せて、犯人かどうか、確かめさせるんでしょう？　撮りたければ、勝手にどうぞ。でも、ここじゃあ、暗過ぎるんじゃないの？」

「大丈夫だ。フラッシュを用意して来ている」

「用心が、およろしいこと」

文代は、苦い笑い方をした。

幸い、店を開けたばかりで、客の姿はなかった。中村は、正面と後姿と、二枚の写真を撮った。

「もういいでしょう？」

文代は、カウンターの向う側に戻って、疲れた声で云った。

「もう一つ、頼みたいことがある」

と、中村は、カメラを納《しま》いながら云った。

「紙に何か書いて欲しい」

「今度は、筆跡鑑定ってわけね」

文代は口元を歪めた。それでも、伝票を取り出すと、裏返しにして、ボールペンを構えた。

「何て書けばいいの？　あたしが久松を殺しましたって、書きましょうか？」

「君が犯人と決ったら、自供書にサインして貰う。今日は――」

中村は、一寸考えてから、

「こう書いて貰おうか。一金二十万円也。田中春子」

「何なのよ。それ？」

文代は眉をしかめた。

「あたしの名前は、田中春子じゃないわ」

「それが一番、鑑定しやすい字画なんだ」

「ふーん」

文代は、鼻を鳴らした。

文代が、ボールペンを走らせている間、中村は、彼女の表情の動きを、注意深く見守っていた。別に構えている様子は、感じられなかった。わざと下手に書いている様子もない。

「これでいいの？」

文代は、すらすらと書いて、中村を見上げた。綺麗な筆跡だった。

5

中村が写したフィルムは、すぐ現像に回された。

同時に、筆跡鑑定の手続きもとられた。

現像の方が、先に出来た。中村は、絹川文代を背後から撮った写真と、問題の写真とを比べてみた。

(違う女のようだな)

と、最初に思った。

後姿というのは、誰でも似たように見えるものだろうと、単純に考えていたのだが、二つの写真を並べてみると、微妙な違いのあることに気付いた。

年齢は同じ位に見えるし、着物の着こなしも同じ様にうまい。だが、絹川文代の後姿は何か、か細い感じなのに、門の前に立っている女のそれは、細身ながら、逞しさのようなものが感じられるのだ。生活に根差した逞しさといったらいいだろうか。この女は、絹川文代のような水商売の女とは、違うのかも知れない。

矢部刑事も、「絹川文代の方が、小柄のようですな」と、云った。

筆跡鑑定の結果も、中村を失望させた。違う人物の筆跡だというのである。絹川文代は、写真の女でも、二十万円の女でもなかった。

二人の女を、至急探し出さなければならない。そのどちらかが(同一人かも知れないが)久松実を殺した犯人かも知れないのだ。

だが、何処を探したら、この女が見つかるのだろうか？　そして、「天使は金になる」という言葉と、どんな風に結びつくのか。

ている。

久松を殺した犯人が、何等かの意味で、「天使」に関係がある筈だと、中村は信じている。

だが、「天使」に関係のある人間が、そんなに沢山いるものだろうか。ストリッパーなら、エンゼル・片岡の芸名も可笑《おか》しくはないし、バーの名前なら、エンゼルも似合っている。だが、他に、「天使」が似合うものがあるだろうか。

しかし、捜し出さなければならなかった。久松の口座に、二十万円を振り込んだ女がいるのだし、曰《いわ》くありげな写真が発見されているのである。

刑事達は、また、東京の街に散って行った。

久松の女に、病院の看護婦がいたのではないかと、消毒液の匂いを追いかけた刑事もいる。

「白衣の天使」を追ったのだが、収穫はなかった。

トルコ風呂を回って歩いた刑事もいる。しかし、「エンゼル」というトルコ風呂は見つからなかった。

喫茶店めぐりをやった刑事もいた。彼は、神田に、「エンゼル」という店を発見したが、久松とは関係がなかった。

久松の行きつけの理髪店に、「エンゼル」という店があるのではないかという意見も出た。しかし、いくら探しても、そんな名前の理髪店は発見できなかった。

街娼を追った刑事もいる。だが、久松と遊んだ「街の天使」は、見つからなかった。

刑事達は、疲労だけを土産に戻ってきた。

中村が頭を抱えてしまった時、宮崎刑事が入って来た。

「日東新聞の田島記者が、特別に、話したいことがあるそうです」

と、彼は云った。

6

新聞記者と単独で会うのは、あまり好ましいことではない。中村は、入って来た田島を、警戒の眼で見やった。

「バー・天使《エンゼル》のマダムに、会われたそうですね」

田島は、入ってくるなり、中村に云った。

「昨日、飲みに行ったら、犯人扱いされたといって、嘆いていましたよ」

「犯人扱いしたわけではありませんよ」

中村は、固い声で云った。

「ただ、久松と関係があったと聞いて、会ってみただけのことです」

「それに、店の名前が、エンゼルですしね」

田島は、皮肉な眼付きで、中村を見た。

「貴方が、絹川文代をマークしたと知って、片岡有木子の線を、警察は捨てたのかと思いましたよ」

「別に捨てたわけじゃありませんよ」

中村は、苦り切った顔で云った。この男は、皮肉を云いに来たのか。

「我々は、ただ慎重に行動しているだけです。ところで、今日は、何の用です？」

「警察の摑んでいる資料を、教えて貰いたいと思って、来たんです」

「我々は、何も隠してはおりませんよ」

「しかし、貴方は、エンゼルのマダムに、妙な文字を書かせ、写真も撮ったそうじゃありませんか。文字を書かせたのは、筆跡鑑定のためだし、写真は、誰かに見せて確認させるためでしょう？　つまり、何か摑んでいるということじゃありませんか。それを教えて欲しいんですがね」

「駄目です。我々が何か摑んでいるとしても、今の段階では、貴方だけに教えるわけにはいきませんね」

「只で教えて呉れとは云いませんよ」

「交換条件というわけですか？」

「まあ、そんなところです。それに、貴方に貰った情報も、犯人が誰か判るまでは、伏せておきますよ。デスクも、それは、約束しています」

「取り引きは、歓迎できませんね」

「青葉荘の管理人の死が、自殺でなく、他殺であるという証拠と、交換でもですか？」

「他殺の証拠？」

中村は、眼を剝《む》いた。顔のこわばるのを感じた。もし、田熊かねの死が他殺だったら、今までの捜査方針を変える必要が出てくるかも知れないのだ。それに、警察としては、彼女の死を、自殺と断定している。もし、それが引っくり返ったら、信用問題にもなる。

「与太じゃないでしょうね？」

「違います。田熊かねが死ぬのを、僕は、この眼で見ているんです。勿論、その時には、眠ってしまったとは思っても、死ぬとは思わなかったんですが」

「貴方は、あの日、管理人に会っているんですか？」

「そうです。他殺の記事を、いきなり発表してもいいんですが、それでは、警察が困るんじゃないかと思いましてね」

「一寸待って下さい」

中村は、あわてて云った。

「課長に相談してみますから」

中村は、困惑した顔で、椅子から立ち上った。

日東新聞の申し出は、課長にとっても、衝撃だったらしい。課長も、難しい顔になって腕を組んだ。

「田熊かねの死が他殺とすると、局面が変ってくるかも知れん。取り引きに応じるより仕方がないだろうな。秘密を守らせることを条件に」

課長は、重い口調で云った。

中村は、課長にも同席して貰って、田島の話を聞くことにした。

田島は、あの日、青葉荘に行って田熊かねに会ったこと、話をしているうちに、彼女が牛乳を飲み、深い眠りに入ってしまったこと、牛乳瓶にあった右手だけの指紋のことなどを話した。中村も課長も、初めて耳にする事実だった。

田島の話が本当なら、田熊かねの死は、完全な他殺だ。そして、久松実の死との関係を考える必要が生れてくる。

「今、話したことは、事実です」

と、田島は、二人に云った。

「証人席に立っても構いません。ところで、今度は、僕が教えて貰う番ですが？」

「判っています」

と、中村は云い、課長と顔を見合わせた。

「貴方が知りたいのは、二つでしたね。絹川文代の写真を撮った理由と、筆跡鑑定の件でしたね？」

「そうです」

「最初に、写真のことから話しましょう」

中村は、久松実の部屋で発見した空色の封筒を、田島の前に置いた。

「これを、我々は、久松の部屋で見つけました。表に書いてあるアルファベットの意味は判りません。中には、ネガフィルムが一枚だけ入っていました。引き伸ばしたのが、これです」

中村は、四つ切りの写真を見せた。田島は、じっと見ていたが、首をひねって、

「誰ですか？　この女は」

と、中村に訊いた。

「判りません」

「エンゼルのマダムかも知れないと思って、彼女の写真を撮って比べてみたのですね？」

「そんなところです」

「結論は？」

「絹川文代ではなかったようです」

「この写真に写っている建物は？」

「それも判っていません」

「筆跡鑑定の方を話して下さい」

「我々は久松実の預金通帳を、発見しているのです」

「そんなものがあったんですか」

「預金額は五十万円。三十万と二十万が、二度に分けて入金されています。金額がまとまり過ぎているので、我々は、それが強請りによるものと考えたわけです。三十万の方は、すぐ判りました」

「片岡有木子の金ですね。美人座の支配人の云っていたことが、やっと判りましたよ。警察は、三十万という金額に、妙に拘っていたと、云ってましたからね」

「あとの二十万円は、三星銀行上野支店から、四谷支店の久松の口座に振り込まれているのです。振り込んだのは、サングラスを掛けた女だったと、窓口の係は証言しています」

「片岡有木子ですか？」

「我々も、そう考えました。だから、そのサングラスの女が書いた振込伝票の筆跡と、片岡有木子の筆跡とを比べてみたのです」

「それで？」

「鑑定人の報告では、同一人の筆跡とは認め難いということでした」

「それで判りました」

と、田島は云った。

「今度は、サングラスの女が、絹川文代かも知れないと考えて、彼女の筆跡を取ったというわけですね？」

「そんなところです」

「彼女が連行されなかったところをみると、彼女の筆跡とも違っていたということですね」

「まあ、そうです」

中村は、苦い顔で頷いて見せた。

「問題の久松実の預金通帳を見せて貰えませんか？」

田島が云った。中村は、課長の顔を見た。課長は、差支えないだろうと云うように、黙って頷いた。預金の内容は話してしまったのだから、見せても、どうということはないと、中村も思った。預金通帳に、犯人の名前が書いてあるわけでもない。

中村は、立ち上って、キャビネットから、久松の預金通帳を取り出して来て、田島の前に置いた。

田島は、手に取って中を開き、頷きながら、そこに書き込んである数字を見ていた。

「確かに、強請りの匂いがしますね」

と云ってから、田島は、通帳を閉じて机の上に置いた。

その時、ふいに田島の顔色が変った。

中村は、相手の顔が、蒼ざめ、こわばるのを見た。

「どうしたんです」

と、中村は不審に思って訊いた。

「まさか、今になって、新聞に載せたくなったと云うんじゃないでしょうね？　約束は守って貰わないと、困りますよ」

「判っています」

と、田島は、妙にぎすぎすした声で云った。

田島は、のろのろと椅子から立ち上がると、部屋を出て行った。入って来た時の颯爽とした様子は、完全に消え失せている。まるで、何かに打ちのめされたような後姿だった。

「妙な男だな」

と、課長が云った。

「取り引きが成功したのに、がっかりしてしまっていたじゃないか」

「記事にしないことを約束してしまって、それを、急に後悔したのかと思ったんですが、それだけとは思えなくなりました」

中村は、机の上の預金通帳を、手に取った。田島記者は、この通帳を、返そうとして、ふいに顔色を変えたのだ。通帳に、あの男を驚愕させるようなことが、書いてあったのだろうか？

中村は、通帳を、ひねくり回した。が、何処にも、そんな記載はないようだった。ありふれた、普通預金通帳なのだ。悪戯書きもしていない。勿論、犯人を暗示するような言葉も記号も、書き込まれてはいなかった。そんなものがあれば、とっくに、中村が気付いている筈である。通帳を見るのは、今日が最初ではないのだ。

預金通帳に記載されているのは、三星銀行四谷支店の文字と、銀行のマーク。久松実の名前、預金の額、それに通帳のナンバーだけである。その中に、田島記者を驚かせたものがあるのだろうか。

中村には、いくら考えても判らなかった。

第八章　疑惑の中で

1

田島は、足がふらつくのを感じた。まるで、精神が均衡を失ってしまったようだった。俺は、どうかしてしまったと、思った。

かたく滑らかな警視庁の廊下を歩きながら、田島は、何度か転びそうになった。

(落着かなければならない)

と、田島は、自分に云い聞かせた。

(単なる偶然の一致かも知れないのだ。こんなことは、世の中には、いくらでもあることだ)

だが、いくら呪文のように繰り返しても、疑惑と不安は消えなかった。

田島は、はっきりと見たのだ。眼の錯覚でも、見間違えでもない。久松実の預金通帳の左肩のところに、あのナンバーと同じものが、通帳番号として、書き込まれてあったのである。

No　8296

確かに、そう記入してあった。これ以外の数字ではなかった。

田島は、山崎昌子の手帳に書いてあった文字を憶えている。

(四谷) 8296　M

である。あの数字と同じなのだ。数字だけではない。Mが、三星銀行の頭文字と考えれば、三星銀行四谷支店、通帳番号八二九六となって、ぴったりと一致してしまうのである。これが、偶然の一致だろうか?

偶然の一致と考えたかった。だが、田島の心に生れた疑惑は、否定しようとすればするほど、逆に大きくなってくる。そして、疑惑は、一つの、はっきりした形をとってくるのだった。

(昌子は、久松実の預金通帳のことを知っていた)

何故、知っていたのか。それは、久松の口座に、金銭を振り込むためではないのか。

中村警部補は、サングラスをかけた女が、三星銀行上野支店に現われ、四谷支店の久松の預金口座に、二十万円を振り込んだと云った。その女は、片岡有木子でも、絹川文代でもなかったとも云った。

(昌子なのか?)

その疑問にぶつかった時、田島は、軽い眩暈《めまい》を感じた。

2

「どうした?」

と、デスクに訊かれた。

「顔色が悪いぞ。課長が、取り引きに応じなかったのか?」

「そういうわけじゃありません」

田島は、無理に笑って見せた。

「課長も警部補も、話に乗って来ました。記事にしないでくれと、釘はさされましたが」

「それはいいさ。持ち札が増えたようなものだからね。犯人が判ったら、手札を全部使って記事を書く。それは、君にやって貰うよ」

「はあ」

「それで、何が判った？」

「封筒に入ったフィルムを見せてくれました」

田島は、中村警部補に見せられた空色の封筒と、写真のことを話した。

「門の前に立っている和服の女か――」

デスクは、低い声で云った。

「何やら、意味ありげな構図だな」

「警察も、その写真が、強請りに使われたのではないかと、考えているようです。焼き増しができたら、貰ってくる積りです」

「その和服の女は、一体、誰なんだ？」

「警察は、調査中だそうです」

「片岡有木子じゃないのか？」

「違うと、云っていました」

「そうだろうな。もし、片岡有木子なら、警察は、鬼の首でも取ったように、喜んでいなきゃならん筈だからね。彼女でないとすると、その写真が見つかったのは、警察にとって、あまり有難くなかったということだな」

「そうかも知れません。エンゼルのマダムとも違うようです。絹川文代の写真を撮って比べてみたが、違っていたと、警部補は云っていました」

「すると、全く新しい容疑者が、現われたということだな」

「ええ」

「後姿というのが弱いね。しかし、和服が似合っているというと、二十代というより三十代の女という感じだが」

「そうです」

と、田島は云った。

「僕にも、三十代の女に見えました」

あの写真の女は、昌子ではない。それだけは確かだった。

「門と三十女と、アルファベットか。まるで三題噺《ばなし》だな」

と、デスクは笑った。

「他には？」

「ありません」

と、田島は云った。

「警察が摑んでいるのは、その写真だけだそうです」

嘘をつくのは、得意ではなかった。顔のこわばるのが、自分でも判ったが、昌子に関係ありそうな預金通帳のことは、デスクにも話したくなかった。はっきりしたことが判るまでは、誰にも話したくない。

デスクは、拍子抜けした表情になったが、別に、何も云わなかった。「少し警察を買いかぶり過ぎたかね」と、笑っただけである。

田島は、自分の机に戻ったが、落着けなかった。じっとしていると、疑惑と不安は、大きくなるばかりであった。昌子に会って、直接、手帳にあった文字のこと、久松実を知っているのかどうかを、訊いてみたいとさえ思う。しかし、出来る筈がなかった。彼女が否定しても、疑惑は消えてくれないに決っているからである。肯定されれば、苦痛が深くなるに決っている。といって、このままにしておいても、疑惑や不安は消えてはくれないだろう。

どうしたらいいのか？

田島は、椅子から立ち上った。

「一寸、出かけて来ます」

と、デスクに云った。

「和服の女を、探してみたいんです」

「心当りがあるのか？」

「別にありませんが、久松の周囲を、もう一度洗ってみれば、見つかるかも知れませんん」

「それもそうだな」

と、デスクも頷いてくれた。

「何か摑めたら、すぐ、電話を入れてくれ」

「判りました」

と云って、田島は部屋を出た。が、外に出るとすぐ、デスクに云った言葉は忘れていた。忘れたというのは、適当ではないかも知れなかった。デスクに云った言葉は、最初から、外へ出るための口実だった。

田島は、確かめたかった。

二十万円の主が、昌子なのかどうか。昌子が、久松に強請られていたのなら、二人の間には、どんな関係があったのか。恐喝されるような暗い秘密があったのなら、それは何なのか、田島は、知りたかった。

確かめて、それでどうなるのか、田島にも判らなかった。苦痛が増すだけのことかも知れない。恐らく、そうだろう。だが、疑惑をこのままにしておいて、仕事に打ち込むことも出来ない。疑惑は大きくなり、精神的に、昌子を失ってしまうかも知れない。疑惑の上に、愛は育てられる筈がないのだ。今まで育《はぐく》んできた愛情まで、疑惑のために、死んでしまうだろう。

矢張り、確かめねばならない。昌子を失うためにではなく、昌子を失わぬために。

田島は、昌子が、少い給料の中から、少しずつ貯金しているのを知っていた。その通帳を見せてくれたことがある。女は、心を許した相手には幼時の写真を見せたがるものだという。昌子が預金通帳を見せたのも、それと似た気持からだろうか。

田島は、歩きながら、その時のことを思い出していた。確か、預金している銀行は、駅前の東西銀行だった筈である。

田島は車を拾い、成城学園前へ走らせた。時間からみて、昌子は、まだ帰ってはいまい。その方が良かった。彼女に直接訊く勇気は、今の田島にはない。

駅前で、車を降りた。そこに銀行があった。田島は、「東西銀行成城支店」と書かれたドアを押して、中へ入った。三時の閉店時間が近いせいか、店の中は、何となく、あわただしかった。

田島は、「普通預金係」という札の立っているカウンターに進んだ。

「こちらで、山崎昌子というものが、預金している筈なんですが」

と、田島が云うと、カウンターの向うにいた女事務員は、「一寸お待ち下さい」と云って、前に並んでいる帳簿を取り上げた。

「ございます」

「最近、引き出しているかどうか、見て貰いたいんですが」

「何か、不審な点があったんでしょうか？」

「いや」

田島はあわてて云った。顔が赧くなった。取材の時には、どんな嘘も平気なのに、今日は、すぐ心が動揺する。気が弱くなっているのだろうか。

「彼女が旅行先から電話をかけてきて、残高を知りたいというので――」

「通帳をご覧になれば、判ると思いますけど」

「それが、一寸見つからんのです」

「そうですか――」

女事務員は、曖昧に頷いてから、

「六百二十円の残になっています」

と、云った。

「六百二十円？　もっとあった筈ですが、最近、引き出したわけですね？」

「十月二十六日に、十万円下していらっしゃいます」

「二十万円じゃありませんか？」

「いえ。十万円です。その時の預金高が十万円一寸でございますから、二十万円も下せる筈がございません」

事務員は、一寸、皮肉な調子で云った。

田島は、礼を云って、銀行を出た。

矢張り、昌子は、十万というまとまった金を、引き出していた。しかも、十月二十六日に引き出している。十月三十日の四日前だ。

田島は、一ヵ月前の昌子の様子を、思い出そうと努めた。

昌子が、何か大きな買物をしたという記憶はなかった。彼女の部屋の調度品が、十月末に、急に増えたという記憶もない。

矢張り、久松に強請られ、そのために、昌子は、十万円の金を引き出したのか。

（だが、昌子が下したのは、十万円だ。二十万ではない）

田島は、その違いに、縋《すが》りつこうとした。全てがぴったりと符合しない限り、早計に結論を下すことは危険なのだ。

（それに、問題のサングラスの女は、三星銀行上野支店から、二十万円の金を振り込んでいるのだ。昌子なら、わざわざ上野へ行くまでもないではないか。成城の銀行からでも振り込めるし、勤め先の京橋にも、銀行はいくらでもある筈だ）

この疑問は、田島をいくらか力づけてくれた。昌子が、わざわざ上野へ行かなければならない理由が、発見されなければ、彼女は安全だ。

しかし、この安堵感も、長くは続かなかった。上野という地点が、昌子に大きな関係を持っていることに、気付いたからである。

3

昌子が強請られていたとすれば、二十万円が必要だったのだから、あとの十万円を、どうにかして工面したことになる。

身の回りの品物を処分しても、十万という大金は出来ないだろう。月給の前借りをするとしても、十万という金は、借りられないだろう。結局、誰からか借りるより仕方がないのだ。田島には頼めるものでもないし、実際にも、田島は頼まれなかった。とすれば、彼女が頼るところは、一つしか考えられなかった。

東北の姉だ。確か岩手県だった。身寄りは、その姉しかいないのだから、他には考えられない。

昌子が、姉から十万円の金を借りたとすれば、岩手に行ったことになる。そして、岩手へ行く玄関口が、上野なのだ。

久松が期日を限って強請っていたとすれば（その可能性は強い。期限を切らない強請りというのは、考えられないのだから）、昌子は、上野に着くとすぐ、銀行に振り込まなければならなかったのかも知れない。しかも、十月三十日は土曜日で、銀行は半日で店を閉めてしまう。上野に朝着いたとすれば、駅前の三星銀行の支店に飛び込むのが、一番自然ではあるまいか。

こう考えてくると、振り込まれた銀行が、上野支店であったことは、かえって、疑惑を深める理由になった。

田島は、昌子が、十月末に岩手に帰ったかどうか、調べたいと思った。

彼は、駅前の電話ボックスに入った。丁度三時になったところだった。ボックスの中から、今、出てきた銀行の扉の閉まるのが見えた。

田島は、昌子の勤めている商事会社のダイヤルを回した。

交換手が出た。田島は、人事課へ繋いで欲しいと云った。昌子の勤め先へ電話するのは、今日が始めてではない。しかし、暗い気持でダイヤルを回したのは、今日が始めてだった。

無愛想な男の声がした。人事課とか会計課の人間というのは、何処の会社でも、無愛想な声を出すものらしい。

「おたくにいる山崎昌子さんのことで、お訊きしたいんですが」

「山崎昌子は、秘書課です」

男は、相変らず無愛想な声で云った。

「電話を回しますか？」

「いや、十月末に、山崎さんが休暇をとられたかどうか、お訊きしたいだけです。実は、その頃、東北線の列車の中で、山崎さんらしい人を、見かけたもんですから」

「一寸待って下さい」

男は、面倒臭そうに、云った。

「ええと――山崎昌子は、十月二十九日と三十日の二日間、郷里《くに》に帰るといって、休暇を取っています」

と、相手は云った。

田島の想像は、矢張り当っていたのだ。昌子は、十月末に岩手へ帰っていた。しかも、昌子は、そのことを、田島に話してくれたことがない。

4

田島は、電話ボックスを出たところで、暫くの間、立ち止っていた。何を考えたらいいのか、一瞬、判らなくなった。昌子が、二十万円の金を、久松に与えたことは、否定できなくなった。だが、昌子のように素晴らしい娘が、何故、久松みたいに下らない男と、関係があったのだろうか。一体、久松に強請られるような、どんな暗い秘密を持っていたのだろうか。

田島は、気持を落着けようと思い、ポケットを探した。ホープの箱は見つかったが、空であった。田島は、くしゃくしゃに丸めると、傍のドブに叩きつけた。

(これから、どうしたらいいのか?)

新聞社に戻るべきかも知れない。デスクは、彼の報告を待っているのだ。だが、今、戻ったところで、仕事が手につかないことは判っていた。

田島は、駅とは反対の方向に歩き出した。歩きながら、腕時計に眼をやった。まだ四時にはなっていない。昌子が帰ってくるまでには、まだ、一時間以上ある。そのことが、田島を誘惑した。

田島は、昌子のアパートに入った。彼は、自分が、デスクに嘘をつき、新聞記者としての職分を逸脱して行動しているのだと、考えていた。しかし、昌子の秘密を知りたいという気持の底には、彼女に対する個人的な愛情の他に、何もかも探り出してやりたいという記者根性が、働いているのかも知れなかった。彼自身が気付いていないだけで。

部屋の鍵は、あの時と同じように、牛乳箱の裏に入っていた。

田島は、その鍵を使って、部屋に入った。

カーテンが引いてあるので、部屋の中は薄暗かった。田島は、カーテンを開けようとしてから、それを止めて、電灯のスイッチを入れた。

青白い光が、部屋に流れた。弱い光なのに、田島は眼をしばたたいた。後めたさを感じたせいだろうか。

（だが、知らなければならない）

田島は、無理に自分に云い聞かせて、机の引き出しに手をかけた。この前は、同じ行為が、楽しくさえあったのに、今日は、ひどく重苦しい心の呵責を伴った。

茶色の手帳は、まだ入っていた。これは、もう見る必要はない。田島は、その下にあった預金通帳を開いてみた。東西銀行で聞いた通り、十月二十六日に、十万円が引き出されていた。

田島は、もう片方の引き出しを開けた。最初に眼に止ったのは、時刻表だった。十月号である。田島は、矢張りと思った。

田島は、東北本線の頁を開いた。予感は、ここでも当った。東北本線「下り」の頁では、二十二時十八分上野発盛岡行「北星」の欄が、「上り」の頁では、急行「北斗」の欄が、それぞれ、赤鉛筆で囲まれてあった。

急行「北斗」は、午前十時四分に上野に到着する。三星銀行上野支店に現われるには、適当な時間だった。

時刻表の発見は、田島にとって、それほどのショックではなかった。だが、一つ一つ、悪い想像が当っていくのは、やり切れなかった。

田島は、昌子の強請られていた理由を、知りたいと思った。彼女に、暗い過去があったのだろうか。もし、そうだとしても、田島には、それを咎める気持はなかった。だが、知りたかった。知らずに、あれこれと考えるのは、やり切れないのだ。

田島は、押入れも開けてみた。が、探すものは見つからなかった。

田島は、落胆し、同時に、ほっとしながら、部屋の明りを消し、鍵をかけて、アパートを出た。

深い疲労が、田島を包んでいた。不安と、後めたさと、焦燥と、疑惑と、その他の様々な感情が交錯して、彼を疲れさせたのだ。

駅に着いた時、田島は、改札口を出てくる乗客の中に、昌子の姿を見つけた。いつの間にか、そんな時間になっていたのである。

5

昌子の姿を見た時、田島は、反射的に眼をそらせていた。今日は会いたくないというより、顔を合わせることが、苦痛に思えたからだった。何か、とんでもないことを、口走ってしまいそうな不安があったし、一方では、泥棒猫のように彼女の部屋を覗き回ったことへの、後めたさが、田島をたじろがせた。

しかし、昌子の方では、田島の姿を認めて、駈け寄ってきた。

昌子の顔には、微笑が浮んでいた。田島も微笑した。が、ぎこちない笑いであることは、自分でも判った。

「取材の都合で、近くまで来たんだ」

と、田島は云った。今日は、嘘のつき通しだなと思った。いやな気持だった。

「良かったわ。ここで会えて」

昌子は弾んだ声で云った。

「アパートへ戻って下さらない？　時間はあるんでしょう？」

「いや」

と、田島は云った。

「時間がないんだ。悪いんだが――」

昌子の顔が、暗くなった。

「それじゃあ、あの喫茶店で、お茶でも――」

と、彼女は、遠慮勝ちに云った。

「五分か十分でいいの。一緒にいて下さらない？」

「そのくらいなら」

と、田島は頷いた。もう断われなかった。

二人は、駅の傍にある小さな喫茶店に入った。店には学生の姿が多かった。彼等は若者らしく、声高に喋っていた。田島と昌子は、その喧騒を避けるように、奥のテーブルに腰を下した。

「あの事件を、まだ、追いかけていらっしゃるの？」

と、短い沈黙のあとで、昌子が訊いた。

「ああ」

と、田島は頷いた。

「犯人は、もう判ったの？」

「まだだ。警察も、壁にぶつかってしまったらしいよ。気になるかい？」

「――――」

昌子の顔に、一瞬、狼狽の色が走った。訊くべきことではなかったと、田島は後悔した。昌子は、捜査の過程で、自分と久松の関係や、彼に強請られていたことが、明るみに出ることを、恐れているに違いなかった。田島の質問は、残酷すぎたのだ。

「三角山で、人が死ぬのを見たもんだから、気になって――」

と、間を置いてから、昌子は小さな声で云った。

昨日までの田島だったら、何の疑いも持たずに、彼女の言葉を、受け取っただろう。だが、今の田島には、無理だった。

「成程ね」

と、言葉では頷いたが、顔は、自然に暗いものになっていた。昌子も、視線をそらせて、入口の方を見た。

妙に重苦しい沈黙が、生れてしまった。その沈黙は、「あっ」という昌子の小さな叫び声で、破られた。

「どうしたんだ？」

田島が驚いて訊くと、昌子は、怯えた眼で彼を見た。

「変な人が、店の外から、私達のことを見ているの」

「変な人？」

田島は、入口に視線を走らせた。その瞬間、透明な硝子ドアの向うを、黒い影が動くのを見た。

田島の顔が、狼狽に歪んだ。

その黒い影が、顔見知りの宮崎刑事だったからである。刑事につけられていたのだ。そのことに、田島は気付いていなかった。

第九章　北の風景

1

中村警部補は、宮崎刑事の報告を聞いて、考えを変える必要があると思った。

中村が、宮崎刑事に、田島記者の尾行を命じたのは、田島に、犯罪の匂いが感じられたからではない。

田島は、久松の預金通帳に、異常な反応を示した。それを、中村は、新聞記者としての田島が、何かを摑んでいるためと、考えたのである。預金通帳を見た瞬間、田島は、それを思い出したのではないか。思い出したのでなければ、自分の摑んでいるものの重要さに気付いたのかも知れないと、中村は想像した。

中村は、それが何であるかを知りたくて、宮崎刑事に調べさせたのだが、報告を聞くと、自分の想像が違っていたらしいことに気付いた。

（田島は、何かを摑んでいるのではなくて、彼自身が、今度の事件に巻き込まれているのかも知れない）

中村は、そう考えるようになった。

「田島記者は、どうやら、恋人の山崎昌子が、殺された久松実と関係があったのではないかと、疑っているようです」

と、宮崎刑事が、報告したからである。

彼の報告によると、田島は、内緒で恋人の預金を調べ、アパートの部屋も調べたという。

「私は、田島記者の後から、東西銀行成城支店に入り、山崎昌子の預金を調べたんですが、十月二十六日に、十万円引き出しています。十万六百二十円の預金の中から、十万円引き出しているのです」

とも、宮崎刑事は、云った。

十月二十六日といえば、問題の二十万円が振り込まれた十月三十日の僅か四日前だった。

中村は、田島が、久松の預金通帳を見て驚愕した理由が判ったような気がした。恐らく、久松の預金通帳から、恋人である山崎昌子の預金通帳を連想したのではないだろうか。彼女が、十月末に大金を下していることに、田島が疑惑を持っていたとすれば、久松の預金通帳を見て、同じ十月末の二十万円の入金に、疑惑を感じたとしても、訝《おか》しくはない。

「そういえば、その山崎昌子という女も、田島記者と一緒に、三角山の現場で、久松実の死を目撃していた筈だ」

と、中村は、宮崎刑事に云った。

中村は、あの日彼女に会っている。白いセーターを着ていたのと、仲々美人だったことは、憶えていた。

「二十万円の女は、ひょっとすると、山崎昌子かも知れんな」

「私も、調べてみる必要があると思います」

「まず、彼女の筆跡をとってみよう。それと、振込伝票の筆跡を比べてみて、同一人のものだったら、徹底的に、洗ってみようじゃないか」

と、中村は、云った。

翌日、宮崎刑事は、山崎昌子の勤務先へ出かけて、人事課から、彼女の自筆の履歴書を借りて来た。

「人事課で、面白いことを、聞いて来ました」

と、宮崎刑事が云った。

「昨日、若い男の声で、人事課に電話が掛って来たそうです。山崎昌子が十月末に休暇を取って、故郷《くに》へ帰らなかったかと、訊いたというんです」

「その男の名前は？」

「云わなかったそうです。しかし、私には想像がつきます。田島記者です」

宮崎刑事は、自信ありげに云った。

「何故、彼と判るね？」

「その電話のかかって来た時間を訊いたんです。午後三時丁度という返事でした。私は、昨日、田島記者をつけていたわけですが、丁度その時刻に、成城学園前の電話ボックスに入るのを目撃しているからです」

「成程ね。その電話が田島記者だとしてだな、何故彼は、山崎昌子の休暇のことを、訊いたんだろうか？」

「彼女は、岩手の生れです」

「それは、この履歴書に書いてある」

「人事課の話では、彼女の両親は既に死亡していて、岩手には、姉がいるだけだそうです。その姉は、土地の資産家に嫁いでいます」

「成程ね」

と、中村は頷いた。少しずつ判っていくようだった。

「山崎昌子は、十万円を引き出したが、二十万円には足らん。その工面に岩手の姉のとこへ行ったのではないか。田島記者は、そう考えて、彼女の勤め先へ電話したというわけだな」

「だと思います」

「実際には、どうなんだ？　彼女は十月末に、休暇を取っているのか？」

「取っています。郷里へ帰るといって、十月二十九日と三十日の二日間、休暇を取っています。もっとも、三十日は土曜日ですから、正確には一日半ですが」

「そして、十月三十日に、二十万円が三星銀行上野支店で振り込まれた――」

ひとりごとのように云っていた中村は、言葉の途中で、あっと思った。

「上野だよ。上野なんだ」

中村は、大きな声で、宮崎刑事に云った。

「何故、二十万円の金が、東京の他の場所でなく、上野で振り込まれたか、それが判らなくて困っていたんだが、これで説明がつく。サングラスの女が山崎昌子だとしたら、上野でなければかえって訝しいんだ。岩手から汽車で帰ってくる時、終着駅は上野だからね。しかも、三星銀行上野支店は、駅の真ん前にある」

2

山崎昌子の筆跡鑑定の結果は、「同一人の筆跡と考えられる」というものだった。

壁にぶつかっていた捜査本部は、この報告に色めき立った。

山崎昌子が、久松実を殺した犯人なのだろうか。

そうかも知れないし、違うかも知れなかった。

「面白い線が出てきたことは確かだが、断定は危険だ」

と、中村は、慎重に刑事達に云った。片岡有木子の線も、まだ完全に消えたわけではないのだ。田熊かねを殺した人間が、久松殺しと同一人なら、片岡有木子の線は消えるが、それも、まだ判ってはいない。

他に、障害は幾つかある。

「第一は、天使の問題だ」

と、中村は云った。

「久松の最後の言葉からみて、犯人は、何等かの意味で、『天使』に関係していると考えてきた。この考えは、今でも正しいと思っている。だが、山崎昌子は、今のところ天使と無縁だ」

「彼女の身辺を洗えば、きっと、天使という言葉が飛び出してくると思いますね」

と、宮崎刑事は、云った。

「彼女が、久松に強請られていた秘密も、見つかる筈だと思います」

若いだけに、断定するような云い方だった。

中村は、矢部刑事を見た。彼はベテランだけに、「出てくればいいですが」と、慎重な云い方をした。

「それに――」

と、矢部刑事は云った。

「その二つが判ったとしても、山崎昌子にはアリバイがありますよ。証言記録が正しいとしての話ですが、久松が殺された時、彼女は田島記者と一緒にいたわけでしょう。新聞記者《ぶんや》さんが、証人だと、それを引っくり返すのは骨が折れますよ」

「同感だね」

と、中村は、笑った。

刑事達が、山崎昌子の調査に出かけた後、中村は、田島と山崎昌子の証言記録を取り出した。

二人の証言は、殆ど同じだった。違っているのは、田島が崖を降りて、久松の傍へ行き、最後の言葉を聞いたという箇所だけである。この時は、昌子はひとりでいたわけだが、既に久松は刺されてしまった後なのだから、問題にならなかった。

その他の時は、二人は一緒だったと、田島も、山崎昌子も証言している。この証言を信用するなら、二人が共犯でない限り、昌子には、久松を殺すチャンスがなかったことになる。

(この証言が、でたらめだとしたら――)

中村は、そう考えてみた。二人が嘘をついている可能性が、皆無ではないのだ。現場には、久松を除いて二人しかいなかったのだから(昌子が犯人だとして)共謀すれば、どんな嘘でも、でっち上げることは出来る筈だった。二人は、共謀して、久松実を三角山に連れ込み、刺殺したのかも知れない。

(しかし――)

と、中村は首をかしげてしまう。この証言が、でたらめとしたら、少しうまく出来すぎていまいか。嘘というのは、必ず何処かにボロのでるものだが、現場検証の結果は、二人の証言に一致していたのだ。

それに、二人が共謀して嘘をついていたのだとしたら、田島が、久松の預金通帳を見て顔色を変えた理由が、説明つかなくなる。あの驚愕は、芝居ではなかった。はっきり顔色の変るのを、中村は見たのだ。

田島は、あの瞬間から、恋人である山崎昌子と久松の関係に疑惑の眼を向けたのだ。とすれば、事件が起きた十一月十五日に、田島が、昌子と共謀して、久松を殺したとは考えられなくなるし、彼女が久松を殺すのを見て、彼女を庇《かば》うために、詐《いつわ》りの陳述をしたとも思えなくなってくる。

中村は、煙草に火を点けてから、もう一度、二人の証言記録を読み直してみた。読みながら、メモ用紙に、要点だけを書き抜いてみた。

○十一月十五日（月）。二人は、新宿で十時に逢い、京王線に乗った。（行先を決めたのは、昌子である）
○三角山に登ったが、道標が間違っていて、旧道に入ってしまった。（三角山へ登ることを主張したのも昌子である）

○樹のトンネルに入り、そこを抜けた時、二人は男の悲鳴を聞いた。胸を刺された久松が、よろめいて来て、崖から転がり落ちた。
○田島は、崖を降りて行き、「テン――」という最後の言葉を聞いた。（この間、昌子はひとりで崖の上にいた）
○二人は、駐在所まで降りて事件を知らせた。

括弧の中は、中村が、疑問の箇所として、書きつけたのである。殊に、現場である三角山に行くことが、田島から云い出されたことではなく、昌子の提案であることに、中村は、引っかかるものを感じた。

山崎昌子が、前から三角山の地形を知っていて、そこを犯行の現場に選んだということも、考えられる。そして、恋人の田島を、アリバイ作りに利用したのかも知れない。あり得ることだが、田島の証言がある限り、疑惑は、疑惑のまま残ってしまうのである。

中村の顔は、次第に、難しいものになって行った。

3

山崎昌子と、「天使」の関係を調べていた宮崎刑事は、暗い、疲れた表情で戻ってきた。

「どうもうまくありません」

と、宮崎刑事は、出て行く時の明るさを忘れた、疲れた声で中村に云った。

「彼女の勤務先は、三和商事で、この名前は、どうしても、天使とは結びつきません。職場での綽名は、『マコちゃん』で、天使でもエンゼルでもありませんでした」

「三和商事の前は？」

「上京して、最初に勤めたのが、三和商事なんです。看護婦でもしたか、エンゼルという喫茶店で働いた前歴でもあるだろうかと期待したんですが、駄目でした」

「久松に強請られていた理由は？」

「それも、判りません」

宮崎刑事は、元気のない声で云った。

「前科は、勿論ありません。アパートの住人や、会社の同僚に訊いても、彼女を悪く云う者がないのです」

「だが、二十万円の金を、久松に渡したのは、山崎昌子に、間違いないんだ」

中村は、難しい顔で云った。

「二十万もの大金が払われたからには、何か秘密を握られていた筈だ」

「上京してからのことを、いくら調べても摑めないとすると、上京する前のことで、強請られたのかも、知れませんね」

と、宮崎刑事が云った。

中村は、片岡有木子のことを思い出した。彼女の場合にも、上京する前、沼津で起こしたことで、久松に強請られていたのだ。山崎昌子の場合も、同じかも知れない。

中村は、山崎昌子の履歴書に眼をやった。

上京したのは、十九歳の時になっている。高校を卒業してすぐ、上京したのではなかった。一年間、岩手で過ごしてから、突然上京したのだ。突然の上京に、意味があるのかも知れない。

「岩手へ行く必要がありそうだな」

と、中村は云った。

岩手へは、自分で行く積りであった。

4

中村は、その夜の「北星」に乗った。二十二時十八分上野発、盛岡行急行である。見送りに来た矢部刑事は、「岩手で、何か出てくるといいですがね」と云った。中村も、そうあって欲しかった。

乗客の中には、もうスキーを担いでいる若者の姿も混っていた。冬が、駈け足でやって来ている感じだった。

列車が走り出すと、中村は、山崎昌子の履歴書を取り出し、添付されている写真に眼をやった。入社した四年前の写真だから、ひどく若い。だが南多摩署で会った時も、若く見えた。顔立ちも変ってはいない。

(フィルムの女ではない)

と、思った。年齢が違うのだ。結局、あの和服の女は、今度の事件とは、無関係なのだろうか。

気がつくと、前の席にいた老人が、にやにや笑っている。中村が、若い娘の写真を、熱心に見ていたからららしい。

中村は、苦笑して、履歴書をしまい、煙草を咥えた。

盛岡に着いたのは、翌朝の八時二十五分だった。

粉雪が舞っていた。ここは、もう冬であった。ホームに降りた中村は、顔をしかめて、コートの襟を立てた。

昌子の郷里へは、盛岡から更に、釜石行の山田線に乗りかえなければならない。次の釜石行は、九時十分に出るという。四十分近く待たなければならなかった。中村は、うんざりした。

吹きさらしのホームで待つわけにもいかず、中村は、構内の食堂に入って、トーストとミルクを頼んだ。耳に飛び込んでくるのは、強い訛りのある言葉ばかりだった。窓の外の粉雪と、言葉の訛りが、一層、北国に来たという実感を、中村に覚えさせた。

汽車が出る時刻になっても、雪はまだ止まなかった。

客は少かった。中村は、動き出すと、窓の外に眼を向けた。

盛岡市の街並が消えると、白一色の景色に変った。刈り入れの終った畠も雑木林も、白いヴェールに包まれていた。

雪が、音を消してしまうのだろうか。窓の外の景色は、まるで、無声映画を見る感じだった。

(こんな静かなところに、殺人を引き起こすような暗い秘密が、潜んでいるのだろうか？)

中村は、次第に懐疑的になっていく自分の気持を、いささか持て余していた。

中村は、K駅で降りた。降りたのは、彼ひとりだった。粉雪は、相変らず宙に舞っていた。駅も、駅前の道路も、雪で蔽われていた。風が吹くと、その雪が舞い上った。

駅前に、一軒だけ、バラック建の食堂が店を開いていた。畠と雑木林しかない場所に、ぽつんと、小さな食堂が見えるのは、何か異様な光景であった。この近くを、盛岡から釜石へ通じる道路が走っている筈だから、車の運転手目当ての食堂かも知れない。

中村は、十センチほど積った雪に足を取られながら、道路を渡り、その食堂へ顔を入れた。

土間に火鉢が置いてあった。客の姿はない。中村は、かじかんだ手を、炭火の上にかざした。

「何か温いものを、作ってくれないかね？」

と、奥に向って声をかけると、丸い顔をした若い娘が、顔を出した。偏平な顔で、頬が赤い。

「ラーメンしか出来ねえども、それで、いいんスか？」

「いいよ」

と、頷いてから、こんなところにも、ラーメンが進出してきたのかと、中村は苦笑した。

「酒っコは、いらながんスか？」

娘が、奥から訊いた。中村は、いらないと断った。

運ばれて来たのは、インスタントラーメンだった。中村は、都会の匂いのするラーメンを食べ終ってから、K村の駐在所の場所を訊いた。

ここから、五百メートルばかり北だという返事だった。

中村は、金を払って食堂を出た。細い道が、北に向って伸びている。雪をかぶった岩手の山脈が、驚くほど近くに見え、北に走る道は、その山脈に吸い込まれていく感じだった。

風が強くなり、粉雪が顔に当った。冷たいというより痛かった。

食堂の娘は、五百メートルといったが、実際には、倍近い道程だった。駐在所の小さな建物が見えた時、中村は、身体全体が、かじかんでしまったような気がした。

駐在所の土間では、中年の巡査が、火鉢に手をかざしていた。火鉢の上に、スルメが載っている。のどかな光景だった。

中村が、東京の警視庁から来たというと、巡査は、眼を丸くした。

「この村に、大事件でも持ち上ったんですか？」

「いや」

と、中村はいい、火鉢の上に、手をかざした。

「そんな大袈裟なことじゃないんだ。一寸、調べたいことがあってね」

「どんなことでありましょうか？」

「静かな村のようだね？」

「さようです。私は、ここへ来て七年になりますが、事件らしい事件は、一度も起きとりません」

「七年ね」

山崎昌子が上京したのは四年前である。とすると、彼女の突然の上京は、何かの事件とは、関係がないのか。

「事件より、この辺りじゃ、冬になると、熊が出ます。その方が大変です」

「熊がね」

「何しろ、この辺りは、マタギ万三郎の話が生れたところですから」

「民話だね？」

「そうです。熊と猟師の話です。猟師の執念という奴ですな。最後には、長い間狙っていた大熊を、狭い藪道に追い込んで、ヤリで突き殺したという話です。私が来てから、熊に殺された者はおりませんが、怪我したものは何人もおります」

巡査は、焼けたスルメを、器用に割《さ》いて、中村にすすめた。中村は、口に入れた。

「話はかわるが、山崎昌子という娘が、K村から東京へ出ているね？」

「はあ。誰も知らんうちに、東京へ行ってしまいました。この村では、一番の美人でありました。姉の方も美人ですが」

「姉の方は、結婚しているそうだね？」

「名前は時枝といいます。村一番の物持ちのところへ嫁に行きました。沼沢という家です。結婚式のあったのは、五年前ですが、一寸した事件でした」

「式が派手だったからかね？」

「それもありますが、格式が違うというんで、いろいろと反対や噂話がありまして

「格式ねえ」

「片方は地主《だんな》で、片方は、貧乏百姓の娘ですから騒ぐのは当り前かも知れんのです。この辺りじゃあ、結婚の相手は、当人や親が決めるんじゃなく、世間が決めると言われるくらいですからな。部落が狭いし、村の中の結婚が殆どなんで、誰と誰が似合いだということが、前から噂になるわけです。その話と違う結婚があると、反対やら何やらが出るわけで――」

「成程ね」

「困ったもんですが、なかなかこういう気風は、直らんですな」

「現在、夫婦仲はいいのかね？」

「うまく行ってるようです。結婚して一年目に、一寸した不幸がありましたが」

「その不幸というのは？」

「時枝が、最初の子を流産しましてね」

「ほう――」

「相当なショックのようでした。結婚に反対した連中の中には、それ見ろというようなことを、陰で云う者もおりました。まあ、二年前に女の子が生れたんで、元気を取り戻したようですが」

「ところで、この写真を見てくれないか」

中村は、久松実の写真を巡査に渡した。

「その男が、最近、この村を訪ねて来なかったかね？」

「なかなか色男ですな」

巡査は、眼を細めて写真を見た。

「見たことがありませんな。小さな部落ですから、他所者がくれば、すぐ判るんですが」

「本当に見たことのない男かね？」

「見ませんな」

と、巡査は云った。

中村は、思惑の外れた感じがした。久松も、山崎昌子の過去を調べるために、ここへ来た筈だと考えていたからである。久松が来なかったとすると、彼が摑んでいた山崎昌子の秘密とは、一体何だったのだろうか。だが、ともかく、沼沢という家へ行って昌子のことを聞いてみる必要はある。

中村は、道順を訊いた。巡査は、教えてくれてから、中村の足元を見て、

「その靴じゃ、大変ですよ」

と、云った。雪は小止みになり、空は明るくなっていたが、積雪は深くなり、短靴では歩けそうもなかった。駅から駐在所まで来るまでにも、靴に雪が入り、靴下が濡れてしまっていた。

巡査は、奥から、中古のゴム長を持って来てくれた。中村は有難く拝借した。

巡査と別れて、五分ほど歩くと、村役場が見えた。

中村は、念のために、そこの職員にも、久松の写真を見せたが、見たことがないという返事であった。久松実という名前にも記憶がないと云う。

久松は、村役場も訪ねていない。駐在の巡査の言葉は、本当だったらしい。久松は、K村へ来なかったのだ。

ここへ来たことは、無駄だったかも知れない。そんな不安が、ふと、中村の胸をかすめた。

5

沼沢家は、すぐ判った。貧しい農家の多いK村の中では、目立って大きな邸であった。欅《けやき》に囲まれた広い庭に入って行くと、雪の庭を、大きな日本犬が走り回っていた。

その犬が、中村の姿を見て、鋭く吠え立てた。

中村は、犬があまり好きではない。立ち止っていると、暗い家の中から若い男の顔が覗いて、低い声で、犬を叱った。

痩せた背の高い男だった。

「誰ですか？」

と、その男は、中村に云った。多少訛りがあったが、標準語であった。

「山崎昌子さんの知り合いの者です」

と、中村は云った。

「同じ会社の者ですが、旅行で、こちらへ来たものですから、一寸、お寄りしたわけです」

「ああ」

と男は頷いた。

「そんなら、時枝のお客さんですね」

その言葉からみて、この男が、時枝の夫らしかった。

「生憎、昨日から風邪気味で休んでいますが、まあ、上って下さい」

と、沼沢は、中村を家の中へ招じ入れた。

大きく、贅沢な造りの邸だが、雪に備えて庇が深く出来ているせいか、家の中は、ひどく暗かった。

中村は、奥の客間に通された。しーんと、底冷えのする部屋だった。小柄な老婆が、火鉢を持って来て、中村の傍へ置いていった。沼沢の母親かと思ったが、時枝が病気なので、近くの農家から手伝いに来て貰っているのだと、沼沢は云った。

「分家のもんです」

と、沼沢は云う。本家とか分家といった古めかしい言葉が、まだ、力を持って残っているようだった。恐らく、地主とか小作人といった言葉も、此処では生きているに違いなかった。

襖が開いて、子供を抱いた三十歳位の女が顔を出した。顔が赧いところをみると、まだいくらか、熱があるのだろう。

「昌子の姉の時枝でございます」

と、女が云った。

「どうぞ、寝ていて下さい」

中村は、あわてて云ったが、時枝は、やわらかく微笑して、

「もう、よろしいんです」

と、云った。

「それより、いつも、妹がお世話頂きまして」

と、頭を下げた。中村の年齢から考えて、商事会社の課長か部長と、思ったのかも知れない。

沼沢は、遠慮して、姿を消していた。

時枝の膝の上で、女の児が、無心に中村を見上げていた。駐在所の巡査は、二年前に生れたといっていたから、二歳になる児なのだろう。母親に似て眼が大きかった。

時枝の手が、その子供の身体にまわされていたが、気がつくと、左手の小指と薬指が、途中から喰いちぎられたように、失くなっていた。

「あ」

と、時枝は小さく云って、右手で、左手をかくすようにした。中村は狼狽した。いつの間にか、その指を見つめていたのである。

「どうも――」

と、中村が赤面して云うと、

「いいんです」

と、時枝は笑って見せた。

「子供の時に、熊にやられたんです。小さな熊でしたけど――」

「熊ですか」

巡査の云ったことは、嘘ではなかったらしい。

中村は、昌子のことに、話題を移した。

「妹さんは、十九の時に上京されたそうですが、何か理由があって、急に上京されたんでしょうか？」

「昌子は、小さい時から、東京に出たがっておりましたし、両親が亡くなって、家にいる必要もなくなって――」

「高校を卒業して、すぐ上京したんじゃないんですね？」

「はい。この家の仕事を、一年ばかり手伝ってくれました」

「ここに、いたんですか？」

「はい」

「先日、帰ってみえたでしょう？」

「はい」

「何の用で、帰ったんでしょうか？　上司として、一寸気になったもので、お訊きするのですが」

「特別の理由はなかったらしいんです。急に、山が見たくなったんだと、申しておりました。あの子は、思い立つとすぐ、実行に移す方ですから――」

時枝の言葉に、中村は嘘を感じた。十万円のことは、昌子が、姉に口止めしていったのだろう。或は、時枝が、ひとりで工面して妹に渡したので、家の者に知られたくないのかも知れない。

「昌子さんから、手紙が来ますか？」

「はい。年に、二、三度ですけど、参ります」

「何か心配事を、書いてきたようなことはありませんか？」

「心配事と申しますと、どんな――？」

「例えば、愛情問題なんかですが――」

と、云ってから、中村は、或ることに気付いて、はっとなった。

(そうだ。愛情問題だ)

と、思った。

中村は、山崎昌子の秘密を追って、此処まで来た。彼女が、久松実に、何か秘密を握られていたに違いないと、考えていたのだ。

だが、その秘密は、昌子自身であり、久松実自身だったのではあるまいか。久松にとって、彼自身が強請りのタネだったのではなかろうか。だから、わざわざ、岩手まで訪ねてくる必要はなかったのではないか。

（単純なことを、見落としていたらしい）

中村は、心の中で、唇を噛んだ。此処まで来る必要はなかったのだ。

久松は、美男子で、女を引っかけるのがうまかった男だ。岩手の田舎から出て来た昌子が、久松の誘いに乗って、関係が出来たとしても不思議はない。

久松には、バー・天使《エンゼル》のマダムがいる。文代は金蔓《かねづる》だから、手放せない。だから、昌子との仲は、秘密臭いものになった。そう考えれば、久松の女性関係を洗っている時、昌子の名前が出て来なかった理由も、納得できる。

昌子は、久松に結婚を求めたのかも知れぬ。だが、プレイボーイの久松には、結婚の意思はなかった。昌子の気持が、いらいらしているところへ、日東新聞の田島記者が現われた。

若い娘にとって、新聞記者は魅力のある職業に違いない。それに田島という青年は、美男子のタイプではないが、好感の持てる男だ。昌子は彼に惹かれた。

だが、結婚ということになると、昌子には、久松のことが心配だ。別の男と肉体関係があったと判れば、田島は、離れて行ってしまうかも知れない。それに、久松は一筋縄ではいかない男だから、どんないやがらせをするか判らない。

昌子は、金で、過去を封じ込めようと考えた。二十万円で、久松は、手を打った。昌子は、十万円を自分の預金から引き出し、不足の十万円を姉から借りた——

「あの——」

という遠慮勝ちな時枝の声に、中村は思考を中断され、現実に引き戻された。

「どうかなさいまして——?」

「いや」

中村は、あわてて、笑って見せた。きっと、ぼんやりとした眼で、宙を見つめていたに違いない。

「どうも、お邪魔しました」

と、中村は、云って、腰を上げた。もう、此処にいる必要はなくなったと、中村は思った。秘密は、此処にはなかったのだ。

時枝は引き止めたが、中村は、次の予定がありますからと、云った。

部屋を出ると、薄暗い廊下に、老人と老婆が立っていて、中村を見ると、黙って頭を下げた。先刻の、分家の老婆ではなかった。沼沢の両親らしい。中村も、頭を下げながら、ここにも、古さが生きているのだなと思った。

6

中村は、その日の汽車で、東京に帰った。

上野行の列車の中で、中村は手帳を取り出し、メモしながら、沼沢家で中断した考えを、進めてみた。単調なレールの音が、思考を助けてくれた。

——昌子は、手切金の積りで、二十万の金を、久松に渡した。彼女は、これで、田島と結婚できると、ほっとしたに違いないのだが、久松の方は、金を受け取ってみると、急に、昌子を手放すのが、惜しくなってしまったのではあるまいか。

よくあるケースだ。男の我儘という奴だ。バー・天使のマダム絹川文代は、美人だが若くはない。ストリッパーの片岡有木子は、グラマーだが新鮮味がない。昌子は、美人で、若く、新鮮でもある。だから、急に惜しくなったとしても、不思議はない。

久松の態度が豹変したので、昌子は狼狽した。このままでは、田島と結婚できなくなってしまう。といって、久松との関係を、だらだらと続けていくことも堪えられない。

昌子は、久松を殺すことを考える。彼女は三角山へ、久松を誘い出した。どう云って誘い出したか、その辺の事情は判らないが、ともかく、昌子は、久松を誘い出して、刺殺することに成功した。しかも、恋人である田島を、アリバイ作りに利用して――

中村は、煙草を取り出して、火を点けた。列車の暖房は利きすぎていて、暑いくらいだった。中村は、上衣を脱ぎ、ワイシャツ姿になって、空いている前の席に足を投げ出した。

（ここまでは、間違いあるまい）

と、中村は思った。

中村は、残った問題を整理し、それに対して、自分なりの答を考えてみようとした。

中村は、手帳に、

〈問題(1)　天使について〉

と、書いた。

答は二つ考えられると思った。答の一つは久松の最後の言葉が、犯人を示したのではないと、考えてしまうことである。だが、この考えは、余り歓迎できなかった。

第二の答の方が説得力があるようだった。絹川文代も、片岡有木子も、天使という言葉に関係があった。だが、文代自身は三十代であるし、有木子はストリッパーだ。久松の眼には、天使という言葉には無縁の山崎昌子が、かえって、一番、天使らしく見えていたのではないか。その意識が、死の瞬間に、「テン――」という言葉になったに違いない。


〈問題(2)　田熊かねの死について〉


この答は、簡単だと、中村は思う。他殺であるからには、当然、久松実の死との関係を考慮しなければならない。

同一犯人とすれば、既に死亡している片岡有木子は除外される。絹川文代の場合は、チャンスがあったことは確かだが、田熊かねを殺さなければならない理由がない。何故なら、絹川文代と久松との関係は、半ば公然のものなので、久松のアパートに出入りしていたことを、管理人の田熊かねに証言されても、どうということはないからである。久松が、彼のアパートで殺されたのであれば、田熊かねの証言は致命傷になるかも知れないが、実際には、はるかに離れた三角山で殺されたのである。

残るのは、山崎昌子だけである。彼女と久松の仲は秘密だった。関係を知られることは、彼女の場合には致命傷だった。警察に疑惑を持たれるだけでなく、田島を失うからである。もし、彼女が、久松の部屋に入るところを、田熊かねに見られていたとしたら、どうしても、その口を塞ぐ必要があった筈である。だから、山崎昌子が、田熊かねを殺した可能性が強い。東京に戻ったら、田熊かねが死んだ日の昌子のアリバイを、調査する必要がある。

〈問題(3)　山崎昌子は、如何にして、久松を刺殺したか〉

方法は、まだ判らない。田島と、彼女の証言を、そのまま受け取れば、彼女には、久松を殺すチャンスはなかったことになる。だが、昌子が犯人であるなら、何処かに穴がある筈である。

それを発見するには、田島の協力が必要だ。恐らく、彼は、非協力的な態度を取るだろう。彼が昌子を愛していればいるだけ、彼女が犯人であることを証明しようとする、警察の努力に、非協力的になるのは、判っている。

だが、田島の協力は、絶対に必要だ。十一月十五日の三角山には、殺された久松実の他には、田島と昌子の二人しかいなかったのだ。もし、彼が、昌子には、久松を殺せる筈がないと主張したら、それは、鉄壁のアリバイになってしまうのだ。

東京に戻ったら、どんなことをしても、田島の協力を求めなければならない。とにかく、彼を説得することが必要だ。そうして、もう一度、十一月十五日の行動を思い出して貰うのだ。そうすれば、きっと、第一回の証言とは違った何かが出てくる筈だ。その何かが、山崎昌子の犯行を証明してくれるに違いない。

中村は、腕を組み、窓の外を流れる夜の闇を睨んだ。

第十章　案山子と海苔巻

1

「課長が、お会いしたいそうです」

と、宮崎刑事に云われた時、田島は、顔のこわばるのを感じた。課長の話がどんなものか、想像がついたからである。

警察が、昌子を追っていることを、田島は知っている。捜査当局の鉾先《ほこさき》は、片岡有木子でも、絹川文代でもなく、昌子に向けられている。中村警部補が、岩手に飛んだことも田島は知っていた。田島だけでなく、他紙の記者も、中村警部補の岩手行は知っていた。ただ、何のために、中村警部補が岩手へ飛んだのか判らずに首をひねっているだけだ。理由を知っているのは、田島だけだった。いつもなら、特ダネ意識が働いて、ぞくぞくするのだが、昌子が関係していては、とうてい、そんな気持にはなれなかった。

課長室の前までくると、他紙の記者が、本心とも冗談ともつかず、

「闇取引きは、ずるいぜ」

と、田島に云った。勿論、冗談に決っていた。が、田島には、皮肉を云われているようないやな気がした。

課長室には、課長と中村警部補が、顔を揃えて、田島を待ち受けていた。

「まあ、楽にして下さい」

と、課長が、椅子をすすめてくれた。

田島は、腰を下すと、習慣的にメモ用紙を取り出したが、気付いて、苦い顔でそれをしまった。今日は、これから自分が、訊問を受けるのだ。

「今日は、折り入って、貴方にお願いしたいことがあって、お呼びしたのです」

と、課長が云った。

「勿論、我々は、協力を強要する気も、力もありません。だが、出来るなら、協力して頂きたい」

「僕も、出来れば、したいと思いますが」

「我々が、今、誰を追っているか、ご存知ですね」

と、中村警部補が云った。

「知っている積りです」

田島は、固い声で云った。

「知らないと云っても、信用して貰えないでしょうからね」

「我々は、山崎昌子を追っています」

課長が、妙に改った口調で云った。課長の口から昌子の名前が飛びだした途端、急に、彼女の存在が、遠いものになったような不安を感じた。課長や中村警部補にとっては、昌子は、若い肉体と心を持った娘ではなくて、容疑者という一つのパターンにしか過ぎないのだろう。当然のことなのに、田島は、そのことに反撥を感じた。

田島は、黙って、煙草に火を点けた。咽喉が渇くのか、ひどく辛かった。

「貴方の気持は、判ります」

と、課長は、言葉を続けた。

「貴方の微妙な立場も、苦しい気持も判る積りです。だが、我々としては、義務を果さなければなりません。殺人事件を解決し、犯人を逮捕しなければならんのです」

「――」

煙草が一層苦くなった。田島は、長いまま、机の上の灰皿に棄てた。

「我々は、山崎昌子が、久松実を殺した犯人と考えています」

「馬鹿な――」

「しかし、貴方自身も、彼女に疑惑を持っている筈です。彼女の預金通帳を調べて、十月二十六日に十万円引き出しているのを知った筈です」

「宮崎刑事に、僕をつけさせて、調べさせたというわけですね」

「その通りです。他にも調べました。山崎昌子の筆跡と、三星銀行上野支店で二十万円を振り込んだサングラスの女の筆跡とを比べてみました。筆跡鑑定の結果、同一人のものであると判りました。彼女は、久松に強請られて、十月三十日に二十万円を払ったのです」

「つまり、山崎昌子には、久松実を殺す動機があったということです」

と、中村警部補が、課長の言葉を補足するように云った。

「しかし――」

と、田島は云った。

「久松に強請《ゆす》られていたのは、昌子だけじゃないでしょう？　片岡有木子がそうだし、バーのマダムの絹川文代も、形は違っても強請られていたのと同じでしょう。二人の他にも、久松に強請られていた人間がいたかも知れないじゃありませんか。それに、久松が殺された理由が、強請りのもつれと、決ったわけでもないでしょう？　彼の住んでいたアパートの住人の中にだって、彼を殺したい程、嫌っていた人間がいたかも知れない」

「それも、調べましたよ」

と、中村警部補は、苦笑しながら、云った。

「青葉荘の聞き込みもやりましたよ。調べることは、全部調べました。そして、絞って行った結果、山崎昌子に突き当ったのです」

「しかし、警察は、片岡有木子をマークしていた筈じゃなかったんですか？」

「彼女をマークしていたことは、認めます。しかし、彼女を容疑者リストから外してくれたのは、貴方ですよ。貴方が、青葉荘の管理人田熊かねの死が、自殺でなく他殺だと証言してくれたからですよ。同一犯人の凶行とすれば、片岡有木子の線は崩れます。だから――」

「だから、昌子を犯人と断定するんですか？」

「断定したのではありません。我々は、調査しているのです」

中村警部補は、慎重に云った。

「我々は、田熊かねが殺された日の、山崎昌子のアリバイも、調べました」

2

「それで、彼女のアリバイは？」

田島は努めて何気ない調子で、訊いた。だが、声が、微かに震えた。心の動揺を知られまいとして、二本目の煙草をくわえた。

「当日、会社は休んでいません。だが、腹痛を理由に、午前中だけで早退《び》けしています」

と、中村警部補が云った。

「青葉荘は、山崎昌子にとって、出勤の途中にあるわけですから、朝早く起きれば、別に休まずに、牛乳瓶をすりかえることは可能です。また、早退したのは、青葉荘に寄り、田熊かねの死を確かめ、アルドリンの空瓶を放り込み、もう一度、牛乳瓶をすりかえるためだったと、我々は考えています」

「証拠があるんですか？　牛乳瓶をすりかえたのが、昌子だという証拠が――」

「残念ながら、まだ、証拠は摑んでいません」

「それなら、彼女は、本当に腹痛で、早退したのかも知れないじゃありませんか？」

「しかし、同僚が、会社の診療室で診て貰うようにすすめたのを、彼女は断っています」

「だから、どうだというんですか？」

田島は、乾いた声で云った。

「僕だって、頭や腹が痛くても、医者に診て貰わん時がありますよ。それに、一歩譲って、仮病で早退したのだとしても、それだけで、彼女を疑うというのは、早計じゃありませんか。彼女は、まだ若いんですからね。どうしても見たい映画があれば、仮病を使って会社を早退するくらいのことはやりますよ」

「貴方が、彼女を庇《かば》いたい気持は判るが――」

「庇う気持で、云ってるんじゃありません」

田島は、声を高くした。

「昌子に、どんな不利な状況証拠があっても、彼女は犯人じゃありませんよ。昌子には、久松を殺せる筈がないんですからね。久松が殺された日、彼女は僕と一緒だった。ずっと一緒だったんですよ。久松の悲鳴が聞こえた時、彼女は僕の傍にいたんです。その彼女に、どうして久松が殺せるんですか？」

「あの証言記録は、何度も読みかえしました」

と、中村警部補は、難かしい顔になって云った。

「それで、貴方の協力が欲しいのです」

「まさか、僕が、昌子のために偽証していると、考えているんじゃないでしょうね？

もし、そんな風に疑っているのなら、とんだ、お門《かど》違いですよ。僕は、一言だって嘘の証言はしていませんよ」

「我々は、最初、貴方が偽証しているのではないかと、考えました。久松実が死んだ時、傍にいたのは、貴方と山崎昌子の二人だけですからね。二人が口裏を合わせれば、どんな巧妙な偽証も可能だと思ったのです。しかし、今は、貴方が偽証したとは考えていません」

「僕は、嘘は云ってませんよ」

「だが、あの証言に、云い忘れたことがあったということは、充分考えられるんじゃありませんか？」

中村警部補は、田島の顔を覗き込んだ。課長の方は、椅子に背をもたせかけ、細い眼で、田島を見つめていた。

中村警部補が、云った。

「我々は、あの日の出来事が、犯人によって、巧妙に仕組まれたものだと考えているのです。犯人は計画に従って、殺人現場に三角山を選び、そこに、久松実を誘い出したのです。そして、自分のアリバイを作るために貴方を選んだのです」

中村警部補は、「犯人」という言葉を使い、山崎昌子の名は口にしなかった。しかし、彼女の名前を頭に描きながら、喋っていることは、見えすいていた。

「つまり、貴方は、犯人によって利用されたと、我々は考えているのです」

「昌子は、そんな女じゃありませんよ」

「だと、いいですがね。しかし、どんな女でも、殺人を犯していれば、警察としては、逮捕しなければならんのです」

「そんなことは、判っています」

「それならば、我々に協力して下さい」

「昌子は、犯人じゃありませんよ」

「断定する前に、貴方の証言記録を、もう一度読んで頂けませんか？」

今まで黙っていた課長が、低い声で云った。中村警部補は、タイプされた書類を取り出して、田島の前に置いた。

田島は、眼を向けただけで、

「読んでも同じことです。嘘はついていませんよ」

「それは判っています」

課長は、相変らず、低い声で云った。

「訂正してくれと云っているのではありません。もう一度読んで頂ければいいんです」

「――――」

田島は、仕方なしに、書類を取り上げて、頁を繰っていった。

しかし、タイプされた文字を眼で追って行く中に、十一月十五日の出来事が、鮮やかに蘇《よみがえ》ってきた。

昌子の微笑、強く溢れるような晩秋の陽光、山を蔽っていた紅葉、違っていた道標、樹のトンネル、昌子の白いセーター、そして男の悲鳴と、久松実の苦悶に満ちた顔、そんなものが、田島の脳裏をかすめて通り過ぎた。

証言記録に、落ちているものはない。いや、一つだけあるが、個人的なもので、事件には関係がないと思った。

「どうですか？」

と、中村警部補が訊いた。

「何か、書き落していることはありませんか？」

「ありません」

「本当にですか？　どんな小さなことでも落ちていたら、云って欲しいんですが？」

「彼女の写真を撮ったことが書いてありませんが、こんな個人的なことは、必要ないでしょう？」

「いや、話して下さい。山崎昌子の写真は何枚撮ったんですか？」

「一枚だけです」

「何処で？」

「樹のトンネルの中です。彼女が、靴に石を入れてしまって、それを取っているのを写したんです」

「樹のトンネルの中でですか――？」

中村警部補は、難しい顔になった。

「その時のことを、もう少し詳しく話してくれませんか？　あのあたりは、狭くて、二人並んでは歩けなかった筈ですが？」

「僕が、前を歩きました」

「それで――？」

「後に向って話しかけたら、返事がないんで、振り向いたら、彼女が屈んでいたんです。靴に石が入ったと云って。屈んだ恰好がユーモラスだったんで、一枚撮ったんです」

「すると、貴方が声をかけ、ふりかえるまでの間、山崎昌子は、貴方の眼の外にあったわけですね？」

「そりゃあ、そうですが」

田島は、頬をふくらませた。

「その間の時間は、二、三分のものですよ。それに、久松実が殺されたのは、僕と昌子が、樹のトンネルを抜けてからですよ。あの時の二、三分は、事件とは無関係の筈です」

「――――」

中村警部補は、無言で暫く考えていた。

「他に、云い忘れていることはありませんか？」

「ありません」

田島は、固い声で云った。

「とにかく、久松を殺したのは、彼女じゃありませんよ。もし、警察が彼女を逮捕するんなら、僕は証言台に立って、彼女が殺せなかったことを証言しますよ」

「我々は、闇雲《やみくも》に、山崎昌子を逮捕しようとしているんじゃありませんよ」

課長は、落着いた声で云った。

「ただ、我々は、十一月十五日の事件に、山崎昌子の大きな作為を、感じないわけにはいかないのです。三角山に行ったこと、道標の違っていたこと、全てが、久松実を殺すための作為であったと、我々は考えているのです。我々は、それを証明する積りです」

3

課長室を出た時、田島の顔には、暗い不安と、興奮が、残滓《ざんし》のようにこびりついていた。

すべてが山崎昌子の作為だったと、課長は云った。

田島には、そんなことは、信じられなかった。昌子が、彼を裏切り、久松を殺すために彼を利用したなどとは、到底思えなかったし、思いたくもなかった。警察の勝手な勘ぐりだと思う。警察が、自分達の今までの失敗を糊塗するために、昌子を、犠牲《いけにえ》に捧げようとしているのだ。田島は、そう考え、警察の動きを無視しようと考えた。

（だが――）

と、田島は、不安になる。昌子の無実を信じながら、心の何処かに、暗い疑惑と、不安がこびりついて離れなかった。

事件が起きた時、田島は、昌子に対して、何の疑いも抱かなかった。疑惑という言葉は、あの瞬間には、彼にとって無縁のものだった。殺人事件と山崎昌子とは、別の世界の存在であった。

その確信は、久松実の預金通帳を見た瞬間に、崩壊した。その時生れた疑惑と不安は、今でも続いているし、大きく、ふくらんで来ている。

愛が強ければ、疑惑は生れないというのは、「愛」についての神話に過ぎない。今でも、田島は昌子を愛している。だが、疑惑を打消すことは出来ないのだ。

田島は、捜査本部を出ると、新宿に足を向けた。

十一月十五日の事件の時と、同じコースを、もう一度辿ってみようと思い立ったのである。課長や中村警部補の言葉を、信じたからではなかった。「作為」だという警察の言葉を、反駁《はんばく》したかったからである。

新宿には、十時半に着いた。あの日より三十分遅れているが、時間は、たいして問題ではなかった。気候も違ってきているのだ。全く同じことを、繰りかえせる筈がなかった。

デパートの地下に作られた京王新宿駅は、あの日と同じように、蛍光灯の光で、蒼白く光っていた。

田島は、切符売場の前で立ち止り、壁に掲っている沿線案内図を見上げた。駅名と、その下に簡単な名所案内が、絵入りで描かれていた。

事件の日、昌子は、「聖蹟桜ケ丘」という駅名が、一番ロマンチックな感じだったから、そこまで切符を買ったと、云った。あれも、作為だったろうか?

田島は、新宿から、終点京王八王子までの駅名を、順々に見ていった。「ロマンチックな感じ」の駅名は、いくつかあった。

芦花公園《ろかこうえん》

つつじケ丘

多磨霊園

分倍河原《ぶばいがわら》

百草園《もぐさえん》

平山城址公園

この他にも、面白い駅名はあった。だが、「聖蹟桜ケ丘」という駅名に比べて、どちらが、よりロマンチックかは、田島には判らなかった。また、人によって、感じ方も違う筈だった。駅名に関する限り、昌子の言葉に、作為があったとは思えない。

田島は、ほっとするものを感じた。

田島は、壁の案内図から、観光案内所に、視線を移した。

昌子は、確か、案内所の係員に聞いたら、サラリーマン向きの三角山という低い山が、聖蹟桜ケ丘にあると教えられたと、田島に云ったのだ。あれは、どうだったのだろうか？　作為だったのか？

田島は、案内所に向って歩いて行った。

大きな硝子のドアに、「京王新宿観光案内所」と、金文字が書いてあった。透明なドアなので、中で、三人の事務員が、パンフレットを手にして、客に説明しているのが見えた。

ドアを押して中へ入ると、むッとする暖さを感じた。暖房が利きすぎているようだった。

田島は、手の空いた男の係員を見つけ、声をかけた。聖蹟桜ケ丘について、知りたいと云うと、「あの駅を降りて見る所というと、延命寺、熊野神社、金刀比羅神社といった寺や神社があります。それと、勿論、聖蹟記念館があります」

二十二、三の若い係員は、原稿でも読む調子で、答えた。

「それと、鳥獣実験場、三条実美公の別邸だった対鷗荘もあります。また、何故、桜ケ丘という名前がついたかと申しますと、このあたり一帯の丘陵は、古くから桜の名所で、万延元年には、村人が、新しく三百六十本の桜を植えて――」

田島は、黙って、係員の説明を聞いていたが、最後まで、三角山の名前は出て来なかった。

「あそこには、三角山という低い山が、あるそうですが？」

と、田島が訊くと、

「ええ」

と、係員は頷いた。

「展望はいいんですが、有名じゃありません。桜もありませんしね」

「だから、すすめられないというわけですか？」

「まあ、そうです」

「三角山が、サラリーマン向きの山だと聞いたんですが、本当ですか？」

「サラリーマン向き――ですか？」

係員は、訊き返してから、陰のない笑い方をした。

「行ってみたことがないんで、サラリーマン向きかどうか判りませんが」

「この間、僕の友人が、この案内所で、そう教えられたと云うんですが」

「ここでですか？」

係員は首をひねった。そんなことを云った憶えはないという。他の二人にも、声をかけてくれたが、彼等も同じように、首をひねってしまった。

「第一、三角山を、お客様に紹介する筈がないと思うんです。聖蹟桜ケ丘には、他にいくらでも、名所旧蹟がありますからね」

「その友人は、十一月十五日に、ここで、すすめられたと、云うんですが？」

「訝しいな」

係員は、また首をかしげた。

「半年前に、この案内所が出来てから、ずっと、この三人でやってきたんですが、三角山がサラリーマン向きだなんて推選したことはありませんよ。何かの間違いじゃありませんか？」

「そうかも知れませんね」

田島は、暗い声で云った。他に、云い方はなかった。

「その方は、三角山で、怪我でもなさったんですか？」

係員が訊いた。田島は、首を横にふった。

「いや、楽しいハイキングだったと、云っていました」

4

胸の中に、ぽっかり穴があいてしまったような気がした。

三角山のことを、案内所で聞いたという昌子の言葉は、嘘だったのだ。

昌子は、あの山のことを、前から知っていたのだ。

(だが、それだけで、彼女を疑うわけにはいかない)

と、田島は、自分に云い聞かせた。三角山を知らないふりをしたのも、サラリーマン向き云々と嘘をついたのも、二人の休日を、より楽しいものにするための、子供っぽい企みであったかも知れないではないか。

田島も、似たようなことをした経験がある。昌子と一緒に、ジェットコースターに乗った時のことだ。彼は、前にも乗ったことがあったのに、昌子には、生れて初めて乗るのだと嘘をついた。嘘をつくことが、何となく楽しかったのだ。昌子も、同じ気持だったのではあるまいか？

田島は、この二つの事の間に、決定的な違いのあることに、わざと、眼をつぶろうとした。ジェットコースターの場合には、無邪気な嘘ですんだが、三角山の場合には、殺人事件が絡んでいるという大きな違いに――

だが、いつまでも、自分を欺せることではない。

田島は、聖蹟桜ケ丘までの切符を買った。

電車は、あの日と同じように、空いていた。物憂い空気が、車内にはあった。ラッシュ時に感じられる活気はなかった。

電車が動き出すと、田島は、眼を閉じた。

向うに着くまでの間は、何か楽しいことを考えたいと思った。

田島は、昌子との結婚のことを、考えてみようとした。この事件は、どうせ終るのだ。真犯人が見つかって（それは、勿論、昌子である筈がない）この事件は終る。そうしたら、すぐ、昌子と結婚するのだ。

結婚という言葉を、田島は、何度も胸の中で繰り返してみた。が、この間まで、甘美な現実感を持っていたその言葉が、妙に空虚にしか伝わって来ない。田島は、狼狽した。

心の整理のつかぬうちに、電車は、聖蹟桜ケ丘駅に着いた。

空は、どんよりと曇っていた。重い灰色の空は、もう、冬のものだった。人気のないホームに降りると、右手の多摩川の方向で、枯草を焼く煙の立ち昇っているのが見えた。

田島は、改札口を出た。あの日、フィルムを買ったD・P屋では、主人が、退屈そうに週刊誌を読んでいた。空地で、子供が焚火をしていた。のどかな風景だった。此処では、あの事件は、もう終ってしまったのだろうか。

田島は、同じ道を、ゆっくりと歩いて行った。

この道を、昌子は、田島と腕を組み、身体を押しつけるようにして、歩いたのだ。あの態度も、後をふり向かせないための彼女の作為だったというのか？

そんな風には、考えたくなかった。あの日の明るい陽差しと同じように、彼女の愛の表現だと信じたかった。しかし——

問題の道標は、直してあった。

人の気配はない。田島は、樹のトンネルに向って進んだ。彼の足の下で、道に積った枯葉が音を立てた。あの日も、枯葉が鳴ったのだろうか。その記憶は、ぼんやりしていた。
紅葉は、もう終っていた。
田島は、立止った。昌子が、靴に石が入ったと訴えたのは、この辺りだったろう
か。正確な位置は、思い出せなかった。田島は、枯葉の上に屈み込んだ。厚く積った
枯葉のために、地面は隠されていた。
あの日、昌子は、クリーム色のローヒールを履いていた。足にぴったりした靴だっ
たが、だからといって、小石が絶対に入らないとはいえない。
入ることもある筈だ。
だが、田島の足元には、枯葉だけが見えて、小石らしいものは、見あたらなかっ
た。田島は、両手で、積っている枯葉を掻きのけた。茶褐色の地面が現われたが、そ
こには、粘土質の土があっただけで、小石は発見できなかった。
田島の顔に、狼狽の色が走った。あわてて立ち上がると、周囲を見回した。小石の
多い場所はないかと思ったのだが、樹のトンネルの中は、枯葉の絨毯の連続であっ
た。何処にも、小石が、靴に入りそうな場所はない。
靴に小石が入ったと云ったのは、嘘だったのだろうか？

疑惑が、田島の胸を走り抜けた。だが、あの日は、今日とは違うのだ。紅葉の盛りだったのだ。枯葉の絨毯が、今日のように、厚く地面を蔽ってはいなかったかも知れない。

田島は、ズボンについた枯葉を、はたき落すと、駅に向って引き返した。あの時、田島は、昌子の写真を撮った。カラーフィルムだったのだから、ネガをスライド映写機にかけてみれば、あの日の枯葉の状態が判るかも知れなかった。

5

アパートに戻ると、田島は、押入れから、中古のスライド映写機を引っ張り出した。

外はまだ明るかった。田島は、窓にカーテンを引き、部屋の中を暗くした。

スクリーンは、新しい敷布を、壁に鋲で止めて作った。ポジフィルムを差し込み、スイッチを入れると、鮮やかな色彩が、簡易スクリーンに拡がった。田島は、慎重に、レンズの焦点を合わせた。

ぼやけていた昌子の顔が、はっきりしてきた。

白い彼女のセーターに、紅葉の朱さが、美しいコントラストを作っている。屈んでいる彼女の右手には、クリーム色の靴が、ぶら下っていた。

田島の眼は、自然に、昌子の足元に走った。

枯葉の積っているのが判った。あの時も、今日程ではなかったにしろ、枯葉の絨毯は出来ていたのだ。

何か打ちのめされたような気持になり、田島は、映写機のスイッチを切ろうとしたが、画面に妙なものを見つけて、手を止めてしまった。

それは、一本の線だった。

屈んでいる昌子の背後に、細い一本の線が、横に走っている。高さは、丁度、膝の辺りだった。昌子が屈んでいるので、その線は、僅かしか見えないが、横に、張り渡してある感じだった。

細い、茶褐色に見える線だった。白黒の普通の写真では、この線は、背景に溶け込んでしまって、眼に止まらなかったろう。カラーフィルムだったからこそ、背景との微妙な色の違いが出て、見分けることが出来たのだ。カラーも、ポジフィルムを、何倍にも拡大したから判ったといえる。昌子に渡した写真では、小さくて、この線に気付かなかった。

（何だろうか？）

田島は、動かない画面を凝視した。

引き伸ばしたゴム紐のようにも、細い麻縄にも、針金のようにも、見える。線には、弛《たゆ》みがなかった。まるで、強く引き絞った弓の弦のように見える。

（あの線に足が触れたら、どうなるのか？）

そう考えた時、或る忌《いま》わしい想像が、田島の胸に、湧き上って来た。

6

〈罠〉

という言葉が、彼の頭を占領した。獣を捕る罠だ。それを一寸改良すれば、人間の胸に、短剣を突き刺す罠が出来ないことはない筈である。

事件の日、はね返ってくる木の枝に悩まされながら歩いたことを、田島は憶えている。今日も、同じ目に遭いながら、樹のトンネルを歩いて来たのである。

弓で矢を飛ばすように、短剣を飛ばすのだ。弓のように撓《しな》る枝が、あの場所には無数にある。そして、この茶褐色の線は、その曳金ではなかったのか。

膝の高さに、横に張られた線。歩いて来れば、必ず足が触れる筈だ。普通の場所なら、気付かれてしまうが、あそこでは、薄暗い上に、顔にはね返ってくる小枝に気を取られて、足元に注意が届かない。

田島は、久松を殺すのに使われた凶器のことを思い出した。警察の発表では、細長いヤスリを削って作った短剣で、刃には、黒く墨が塗ってあったと云う。

田島は、何故、犯人が、そんな面倒なことをして、手製の短剣を作ったのかと、警察の発表を聞いた時、不審に思ったのだが、今になってみると、その理由が、はっきりと判る気がした。

犯人にとって、凶器は、普通のナイフでは駄目だったのだ。矢のように突き刺さる、細い短剣でなければならなかったのだ。刃に墨を塗ったのは、罠を仕掛けた時、刃が光って気付かれるのを防ぐために違いない。更に、警察の発表では、短剣には、手製のツバがついていたと云う。そのツバは、罠の場合、引っかかりに利用したのだろう。

田島は、昌子が、熊や狸の出る東北の山村に生れたことを、知っている。十九歳で上京するまで、そこで育ったのだ。当然、山の中に仕掛けられる罠のことも、知っていたろう。そして、彼女の頭なら、人間を殺す罠に作りかえることも、可能だった筈だ。

昌子が、久松を殺したのかも知れない。

だが、どうやって、罠を仕掛けたのか？

靴に小石が入ったといって、屈んだ時、罠を仕掛けたのか？　そんな筈はなかった。僅か二、三分の間に、人間一人を殺す罠が仕掛けられる筈がない。

罠は、前もって、仕掛けてあったのだ。

田島は、十時に、新宿で昌子に会った。朝早く起きれば、それまでに、三角山に行き、罠を仕掛けて来ることは出来る。その時、道標も、逆にして来たのではないか。

田島が通った時、短剣は飛んで来なかったし、足に触れたものもなかった。あの時は、曳金に当る部分だけが、外してあったのだ。

田島が通りすぎた後で、昌子は、靴に小石が入ったふりをして屈み込み、罠の曳金に当る部分、つまり、膝の高さに、線を張ったのだ。それだけなら、二、三分あれば出来る筈だった。

その罠に、久松実が引っかかったことになる。

田島は、もう一度、簡易スクリーンの画像に眼をやった。昌子が、この写真を撮ったことを怒り、ネガも返して欲しいと云ったのは、恰好が悪く写っているからではなく、罠まで写ってしまっていることを、恐れたからに違いない。

だが、久松実が死んだあと、南多摩署の刑事達は、樹のトンネルの中を、念入りに調べた筈である。だが、誰も、罠が仕掛けられた形跡を発見していない。縄一本、拾った者はいなかった。

(何故なのか？)

その答は、すぐ見つかった。田島は、崖の下に転落した久松のところへ降りて行った。その間、昌子は、ひとりで崖の上にいたのだ。罠の後始末をする時間は、充分にあった筈である。それに、あの袋だ。サンドイッチと海苔巻の入っているザックに、縄でも針金でも、楽に入ったろう。

田島は、映写機のスイッチを切った。が、立ち上って、カーテンをあける気になれず、暗い部屋の中で、頭を抱えていた。

7

翌日、田島はまた、聖蹟桜ケ丘に出かけた。行かずにはいられなかった。

昨日の曇り空とは逆に、高く晴れた冬の空であった。風が冷たかった。

三角山は、相変らず、ひっそりと静まり返っていた。

田島は、昨日よりも、一層重い気持で、樹のトンネルに入った。また、枯葉が足の下で、乾いた音を立てた。

絡み合った木の枝と、人間一人が、やっと通れる細い道、田島は、改めて、此処が、人間を殺す罠を仕掛けるのに、絶好の場所であることに気付いた。頭の上に蔽いかぶさるように繁っている枝と葉、それを、手か木で払うようにしなければ歩けないのだ。油断していると、撓《しな》った枝が、はねかえってくる。それに気を取られて、罠には、気付けないし、飛んでくる短剣を避ける広さもない。

問題は、どうやって、仕掛けた短剣が、うまく心臓の辺りに刺さるように、罠を調節できたかということである。一体、何を基準にして、罠を仕掛けたのだろうか？

その疑問は解けなかったが、田島には、もう一つ、調べたいことがあった。樹の枝なり幹なりのどれかに、縄のこすれた痕があるかも知れない。それを調べたかった。

田島は、はねかえってくる枝に悩まされながら、生い茂った雑木の一つ一つを丁寧に見ていった。

あった。細く丈夫そうな幹の一つに、縄のこすれた痕がついていた。その気になって見なければ、気付かないほど、微かな痕跡ではあったが。

発見の喜びの代りに、絶望感があった。久松を殺したのは、矢張り昌子だったのだ。課長や中村警部補の云った通り、あの日のデイトは、すべて、昌子の計画だったのだ。

田島は、久松実が、血を流しながら、泳ぐように姿を現わした時のことを、思い出した。

苦痛に歪んだ久松の顔も、救いを求めるように、田島に向って突き出した両手も、はっきりと、思い出すことが出来る。救いを求める手――いや、あれは、田島に向って救いを求めたのではなかったのかも知れない。久松は、あの日、昌子によって、三角山に、誘い出された。一人で来ると思っていた昌子が、田島を連れて現われれば、人情として、当然、その後をつける気になるだろう。殊に、久松は、他人の秘密を嗅ぎ出すことの好きな男だし、陰湿な性格でもある。昌子は、それを計算に入れて、此処に、罠を仕掛けたに違いなかった。久松は、まんまと、それに、引っかかった。だが、胸に短剣が突き刺さった時、久松は昌子に殺《や》られたと、気付いたに違いない。そう考えれば、前に突き出された手は、田島に救いを求めたのではなく、彼と一緒だった昌子に、摑みかかる積りだったのかも知れないのだ。

田島は、樹のトンネルを抜けて、久松が転落した崖のところへ出た。あの時と同じように、熊笹が生い茂っていた。

田島は、ぼんやりとした眼で、崖から下を見下した。

その時、下の熊笹が、がさっと大きな音を立てた。田島は、ぎょっとして、瞳を凝らした。

熊笹が横に揺れ、男の顔が現われた。くたびれたレインコート姿の、中村警部補だった。向うでも、田島の姿を見て、一寸驚いたようだったが、微笑を見せると、ゆっくり崖を上って来た。

中村警部補の手は、泥で汚れていた。それを払い落しながら、田島を見た。

「貴方が、此処へ来たところを見ると、矢張り、山崎昌子が犯人と、判って下さったようですね」

と、中村警部補は云った。

「彼女は、罠を仕掛けて、久松を殺したんですよ。黒く墨を塗った短剣が凶器として使われたことや、彼女の郷里では、熊が出ることで、罠に気付いたのです。それに、岩手に伝わるマタギ万三郎の民話もヒントになりました。ヤリで熊を殺した猟師の話ですよ。あの短剣は、そのヤリだったのです。そして、マタギ万三郎が、熊を、逃げられない藪道に追い込んだように、彼女は、久松を、この樹のトンネルに誘い込んだ――」

「罠のことは判っています」

田島は乾いた声で云った。

「だから、ここへ来たんです」

「それなら、何も云うことはありませんな。貴方には、お気の毒なことになったが――」

「同情は要りません。それより、崖の下で、何をしていたんですか？」

「案山子を探していたんです」

「案山子？」

「そうです。案山子ですよ」

中村警部補は、田島に向って、にやっと笑って見せた。

「事件の前に、この近くの農家で、案山子が一つ盗まれたということを、我々は、南多摩署から知らされていたんです。その時は、事件には関係はないことだと考え、正直に云って、南多摩署は、下らないことを報告してきたものだと、思ったものです。しかし、山崎昌子が、罠を仕掛け、久松を殺したとすれば、案山子の盗難が、重要な意味を持ってくるのですよ。もう、貴方にも、お判りの筈です。短剣が、正確に、久松の胸に刺さるかどうか、犯人には、練習が必要だった。その練習台に、等身大の案山子が使われたのです」

田島は、最後の疑問が、解けてしまったのを感じた。これでもう、昌子は逃げられない。

「それで、案山子は？」

「ありましたよ」

と、中村警部補は、快活に云った。

「この下にありました。熊笹にかくされてね。そして、藁で作った胴体には、何ヵ所も、短剣の刺さった痕がありましたよ」

「――――」

「もう一つ、見過ごしていたことがあるのです。これも、南多摩署で、わざわざ報告してくれたのに、我々は、事件に無関係と考えて、検討するのを怠っていたのです。事件の二日か三日あとに、この近くの農家の幼児が、落ちていた海苔巻を食べて、食中毒を起こしたという報告だったのです。その報告を受けた時、我々は、山崎昌子が持っていた袋のことを、思い出すべきだったのです」

「――――」

「罠が仕掛けられたとすれば、丈夫な縄なり、ゴム紐が必要だった筈です。だが、南多摩署で調べた時には、現場に、そんなものは落ちていなかった。何故か？　山崎昌子が隠してしまったからです。あの袋《ザック》の中にです。しかし、あまり脹《ふく》らんでいては、貴方や、南多摩署の刑事に疑われる。それで、中に入っていた海苔巻を捨てたのです。事件後の二、三日は、秋には珍しく暖い日が続きました。だから、それを見つけて食べた幼児が、中毒を起こしたというわけです」

「――――」

「証拠は揃いました。貴方には、お気の毒ですが、山崎昌子を、逮捕しなければなりません。久松実と、田熊かね殺害の容疑で。貴方が妨害すれば、共犯として逮捕することになりますよ」

第十一章　A.B.C.

1

山崎昌子は、逮捕された。

田島は、その記事を書いた。社会部記者であり、事件を担当している以上、記事は書かなければならない。デスクに約束した通り、田島の書いた原稿は、他紙の記事より厚味のあるニュースの筈であった。逮捕された犯人は、彼の恋人だったのだから、彼だけしか知らないことも書けたからだ。

田島は、ただ、書いた。だが、書き終ると、その原稿をデスクに渡してから、

「二、三日、休ませて頂けませんか？」

と、頼んだ。身体よりも、精神の方が参ってしまっていたからである。

「いいだろう」

と、デスクも云ってくれた。

「君は、暫く休んだ方がいい。そして、何もかも忘れてしまうんだな」

忘れられたら、忘れたい。だが、人間の心が、そんなに都合よく出来ているものだろうか？

休暇は、三日間与えられた。

その三日を、どう使ったらいいのか。少しの苦痛なら、酒を飲むことによって、まぎらわすことが出来よう。だが、深い傷は、アルコールでは癒《い》やすことは出来ない。

田島は、旅に出ることを考えた。何処《どこ》か遠いところで、ぼんやりと、三日間を過ごすのだ。

田島は、銀行へ行き、預金してあった六万何千円かを、全部引き出した。彼は、貯金が嫌いだった。その彼が、たとえ僅かでも、預金していたのは、昌子との結婚を考えていたからだった。妙な云い方だが、夢が、彼を現実的にしたのだ。しかし、昌子が、彼の手の届かぬ場所に行ってしまった今となっては、預金は、何の意味もない。

田島は、東京から、一番離れた場所に行きたいと思った。北海道がいいと思い、田島は、十八時五分発の札幌行の飛行機の切符を買った。

四発のジェット機は、一時間で、田島を札幌へ運んでくれた。

札幌は、雪であった。空港からタクシーに乗ると、「静かな、人のいないところへやってくれ」と、云った。だが、運転手は、俗化した定山渓《じょうざんけい》温泉へ、彼を連れて行った。田島は、テレビも新聞もないような、鄙びた温泉へ行きたかったのだが、ホテルの前で降されてしまうと、今から、希望するような温泉を探す気にもなれなかった。鉄筋コンクリートの馬鹿でかいホテルだった。田島を部屋に案内した女中は、各室に、テレビ、ステレオが備えつけてありますと、得意そうであった。東京の一流ホテルに負けないことを自慢したかったらしいが、田島は、逆に、苦い顔になっていた。田島は、女中がいなくなると、テレビに覆いをかけてしまった。入浴を済ませると、田島は、すぐ、ベッドに入った。身体は疲れていたが、仲々、眠れなかった。

色々なことが、田島の頭に浮んでくる。

初めて、昌子を抱いた時のことが、思い出された。彼女は、あの時、「貴方を失いそうで怖い」と云った。あの時、昌子は、逮捕されることを覚悟していたのだろうか。

昌子を憎む気持は、田島にはない。十一月十五日のハイキングが、全て彼女の作為と知った今でも、その気持は変っていない。ただ苦痛なだけだった。

眠れぬままに、田島は、ベッドの上で、何本もの煙草を灰にした。

いつの間にか時間が流れ、朝の気配が訪れていた。窓の外の闇が消えて、ぼんやりした明るさに変っていた。雪はまだ止んでいない。

田島は、部屋の入口で、小さな音がしたのを聞いた。女中が、朝刊を投げ込んで行ったのだ。ニュースは見たくないと思っていたのに、田島は、いつもの癖で、反射的にベッドから飛び降りていた。

昌子の逮捕は、昨日の夕刊に載っていた筈だった。その記事を、田島は書いたのである。昌子が、何故、久松と田熊かねを殺さなければならなかったか、その動機については、沈黙を守っていた。

昌子は、何か喋ったのだろうか？

田島は、立ったまま、新聞を拡げた。上の方が濡れているのは、雪の中を配達されて来たからだろう。日東新聞の北海道版であった。

社会面をひらくと、いきなり、「山崎昌子が、殺人の動機を自供」という見出しが、眼に飛び込んできた。田島の表情が、固くなった。

田島は、覚悟して、その記事を読んだ。どんな言葉が並んでいても、田島は驚かない積りであった。

だが、見出しに続く記事を読んでいくうちに、田島の顔は、次第に蒼ざめてきた。

2

〈私は、久松実の容貌と、プレイボーイ的な魅力に惹かれて、肉体関係を持つようになりました。私は、彼が結婚してくれるものと思っていましたが、久松には、その気はありませんでした。しかし、私は、別れる決心がつかず、ずるずると関係を続けていたのです。そのうちに、私の前に、ある青年が現われました。私は、久松との関係に嫌気がさしていたので、その青年と結婚したいと思いました。しかし、久松との関係を知られたら、と、それが怖くなりました。それで、二十万円を久松に渡して、今までのことは、二人だけの秘密にして欲しいと頼みました。私は、いわば手切金の積りで、その金を渡したのです。しかし、久松は、私が、その話を持ち出すと、急に私を手放すのが惜しくなったのか、いやだと云うのです。このままでは、私は、その青年と結婚できなくなります。それで、久松を殺すことを考えたのです。アパートの管理人を殺したのは、久松を訪ねた時、久松

顔を見られてしまったからです〉

これが、昌子の自供であった。その後に、捜査一課長の談話なるものが、載っていた。

〈典型的な情痴犯罪である。偶然に知り合った中年男と、簡単に肉体関係に入り、新しい恋人が出来ると、まず、金で、前の男の口を塞ごうとし、それが駄目と判ると、簡単に殺してしまう。ドライというのだろうが、どうにも同情できない。とにかく、後味の悪い事件だった〉

（嘘だ――）

と、思った。嘘だ。違うのだ。昌子の自供は出鱈目《でたらめ》だ。警察が誘導訊問したのでなければ、昌子が嘘をついているのだ。

自供が嘘であることは、田島が、誰よりもよく知っている。あの夜、初めて田島に抱かれた時の昌子の態度は、男を知った女のそれではなかった。赤い血がシーツを染めたという、それだけのことではなかった。羞恥にふるえていた皮膚感覚のことだ。

昌子と久松の間に、どんな関係があっても、田島は驚かない積りだった。たとえ、昌子が久松から、麻薬を貰っていたとしても、彼女が麻薬患者だったとしても、田島は驚きはしないし、彼女を許せる自信があった。だが、昌子と久松の間に、「愛」があったという記事には我慢がならなかった。彼女が愛していたのは、自分だけの筈なのだ。他に男がいた筈がないのだ。

朝食を運んできた女中に、田島は、すぐ、車を呼んでくれと云った。

「洞爺湖にでもいらっしゃるんでしたら、この雪で、交通止めになっていますけど」

と、女中が云った。田島は、「違う」と、大きな声で云った。

「東京に帰るんだ。確か、九時四十分に出る飛行機があったね？」

「はい。ありますけど――」

女中は、曖昧な顔で、云った。

田島は、朝食には殆ど手をつけず、あわただしく帰り支度をした。

雪は、まだ降り続いていた。

3

飛行機の中で、田島は眠った。いやな夢を見た。昌子が、暗い闇の中に吸い込まれていく夢だった。田島は、後を追おうとするのだが、誰かに肩を摑まれていて、動くことが出来ない。

気がついた時、彼の肩に触れていたのは、エアーホステスの細い指だった。

「お目覚めになりましたか？」

と、ホステスは、笑った。

「間もなく着陸でございますから、ベルトをお締めになって下さい」

田島は、ベルトを締めた。

飛行機が、着陸姿勢に入った。東京の空は、冷たく晴れていた。

田島は、空港から、真直ぐ、警視庁に向った。一課長に会って、昌子の自供のことを聞かなければならなかった。

課長は、部屋にいなかった。会えたのは、中村警部補の方だった。

「貴方は、休暇を取っていたんじゃなかったんですか？」

と、中村警部補は、田島の顔を、不審そうに見た。

「私も、貴方には休暇が必要だと思って、良かったと考えていたんですが――」

「休暇を貰ったのは事実です。昨日、飛行機で札幌へ行きました」

「それなら、何故、北海道でのんびりして来ないんです。私なら、そうしますがね」

「出来なくなったんです。あれは、本当なんですか？　昌子が、動機を自供したというのは」

「本当ですよ。我々が想像していた通りの動機だったので、満足しています。いや、誘導訊問なんかしませんよ。彼女が、自発的に喋ったんです」

「久松と、肉体関係があったとですか？」

「その通りです。貴方にとって、ショックだということは判ります。しかし、私は、山崎昌子の自供が本物だと思っています。その他の動機が発見されないからです。私は、岩手の、彼女の生れたK村にも行ってみました。だが、久松は、そこに現われていなかった。村役場でも、駐在所でも、久松のことは知りませんでしたからね。つまり、強請りのタネは、岩手にはなかったということです。とすれば、東京です。しかも、東京でもなかなか見つからない。見つからないのが当り前だったのです。つまり、久松自身が、山崎昌子自身が、恐喝のタネだったというわけです。簡単に云えば、今度の事件は、三角関係を清算しようとした女の悲劇ということですね」

「違いますよ」

「何が、違うんですか？」

「昌子と久松との間に、肉体関係があったというのは、嘘です」

「貴方が、そう思いたい気持は、判りますがね――」

「いや、僕は、個人的な感情で、云っているんじゃありません。僕は、二人の間に、肉体関係のなかったことを知っているんです」

「知っている――ですか？」

中村警部補は、首をかしげた。

「知っているというのは、どういうことですか？」

「知っているのです」

田島は、頑固に、同じ言葉を繰り返した。

「昌子は、嘘をついています。動機は他にある筈です」

「そう云われても困りますね。彼女が自供したのだし、我々も、その自供に、不自然な点はないと考えているのですからね」

「そんなことで、人を殺すような女じゃありません。これでは、丸っきり、昌子は悪人じゃないですか。本当の理由は別にある筈です。それを調べて下さい」

「無理は云わんで下さい」

と、中村警部補は、肩をすくめて見せた。

「貴方の個人的な要求で、捜査をやり直すわけにはいきません。事件は、もう終ったのです。我々の手を離れて、検事の手に移っているのですよ」

「しかし、違っているんです。それに、事件が、完全に解決されたわけじゃないでしょう？　昌子と、天使と、どんな関係があるか、判ったんですか？」

「彼女自身は、天使なんか知らないと、云っています。だが、我々は、こう考えています。久松にとって、山崎昌子だけが、本当の意味で、天使に見えていたんじゃないかと。充分、考えられることだと思いますがね」

「――――」

田島は、中村警部補の言葉で、田熊かねの云ったことを思い出した。彼女は、久松を訪ねて来た若い娘がいたと云った。そして、久松に向って、「あんな天使みたいな人を苛めてはいけない」と、忠告したとも云った。田熊かねが見た娘というのは、恐らく、昌子であろう。田熊かねに、「天使」に見えたのなら、久松にも、同じ様に見えたとしても、訝しくはない。中村警部補の言葉は、正しいかも知れない。田島は、一寸、鼻白んだ。

「しかし――」

と、田島は云った。

「あの空色の封筒は、どうなんです？　フィルムの女が誰か、判ったんですか？」

「判りません。しかし、どんな事件にも、解決されない部分が残るものですよ。そうした未解決の部分というのは、結局、事件には無関係だったということなのだと、私は思っています。あのフィルムも、同じことだと思います」

「今度の事件とは、無関係だと証明されたんですか？」

「証明されたとは云えません。だが、既に、真犯人は逮捕されたのです。無関係だったと断定しても差支えないと思っています」

「あの写真を貸して貰えませんか？」

「どうするんです？」

「調べてみたくなったんです。何故、昌子が嘘をつくのか、調べてみたいんです」

「前に、お貸しすると約束したんだから、構いませんよ。ネガの方は貸せませんが――」

中村警部補は、机から、四つ切りの写真を取り出して、田島の前に置いた。

「どうする積りか知りませんが、無駄だと思いますね」

中村警部補は、忠告するような云い方をした。

「たとえ、貴方の云うように、動機が違っていたとしても、山崎昌子が、久松実と田熊かねの二人を殺したという事実は、覆りませんよ」

「判っています」

田島は、乾いた声で云い、写真をポケットに入れてから、腰を上げた。

「判っていますが、自分を納得させたいのです」

4

課長室を出た途端に、田島は、軽い眩暈《めまい》を感じた。昨夜、一睡もしていないせいだろう。田島は、強く眼をこすり、煙草に火を点けてから、出口に向って歩き出した。外には、冬の乾いた陽差しが溢れていた。透明な、和らかい陽差しだったが、疲れている田島には眩しく感じられた。

堀端で、田島は立ち止った。これから何処へ行けばいいのか、田島には判らなかった。誰に訊けば、今度の事件の本当の姿が、判るのだろうか。

昌子に直接会って、何故、嘘をついたか訊きたいと思う。だが、今は、会わせて貰えないだろうし、会えても、昌子が真実を打ち明けてくれるかどうか判らない。

田島は、立ったまま写真を取り出した。が、陽の光が反射して見づらかった。それに、警視庁の前では、落着けない。

田島は、有楽町へ出て、日東新聞裏の喫茶店に入った。夕方になると、一杯になる店だが、午後一時という時間では、客の姿は、まばらであった。田島は、テーブルについてから、ブラックコーヒーを頼み、もう一度写真を取り出して、テーブルの上に置いた。

この写真が、事件に関係があるという証拠はない。昌子に関係があるかどうかも判らなかった。だが、他に調べるものがなければ、この写真から、調べていくより仕方がない。

門と、その門に入ろうとしている和服の女の後姿。それだけの写真から、何が判るだろう？　いくら見ていても、ヒントらしいものは掴めない。

写真の女は、死んだ片岡有木子でも、バーのマダムの絹川文代でもないと、警察は認めている。勿論、昌子ではない。田島の知らない女だった。

田島は、建物の方に、注意を移した。

郊外の建物らしい。が、場所は判らなかった。東京の郊外かも知れないし、他の場所かも判らない。

建物自体は、病院のようでもあり、学校らしくもあった。可成り大きな建物であることは確かだが、門柱の字は、ぼやけていて読めなかった。

写真の右端に、山の稜線が写っている。低い山脈《やまなみ》であることは判ったが、何処の山か、田島には判らなかった。しかし、この写真で、ヒントになりそうなものといえば、今のところ、この山ぐらいであった。

山の好きな人間に見せれば、何処の山か判るだろうか？

田島は、店の電話を借りて、社会部に電話をかけ、同僚の立花を呼び出して貰った。

「一体、どうしたんだ？」

と、立花は、電話口に出るなり云った。

「今頃は、何処かの温泉で、のうのうとしていると思ってたのに？」

「一寸、事情が出来てね。デスクには、内緒にしてくれ」

「判ってる。だが、何の用だ？」

「君に教えて貰いたいことがあるんだ。裏の喫茶店にいるんだが、来てくれないか？」

「すぐ行く」

と、立花は云った。

五分ほどして、立花が、ドアをあけて入って来た。小柄だが、がっしりとした体格をしているのは、学生時代、山岳部に籍を置いていたからだろう。

田島は、立花に写真を見せた。

「この山が、何処の山か判るかい？」

「そうだな」

立花は、難しい顔で、写真を睨んだ。

「高い山じゃないいな。五、六百メートルの高さの山だね。だが、何処の山かは判らないね。こんな山脈は、何処にもあるからな」

「山の専門家の君にも、判らないか――」

田島は、がっかりした顔で云った。立花は、

「僕は、専門家じゃない」

と、笑ってから、

「本当の専門家に見て貰ったら、判るかも知れないな」

と、云った。

「山岳会の人にか？」

「いや、あの連中は、日本アルプスや、ヒマラヤのことには詳しくても、こうした低

い山のことは知らないと思うんだ。それより、植村裕一という男がいい」

「植村裕一？」

「山と高原の写真ばかり撮っている、有名な写真家なんだ。この人なら判るかも知れないな」

「住所は？」

「神奈川県の平塚だ。駅を降りてすぐだ。円型の変った家に住んでいるから、すぐ判ると思う。行ってみるか？」

「ああ」

と、田島は頷いた。

5

平塚駅を降り、駅前の煙草屋で、植村裕一の名前をいうと、簡単に教えてくれた。この町では、一寸した名士らしい。

立花が云ったように、植村裕一の家は、円筒型の硝子ばりの造りだった。

植村は、幸い在宅していた。白髪の温和な顔をした男で、田島は、硝子ばりのアトリエに通された。そこから、雪をかぶった富士山が、真正面に見えた。いかにも、山の写真家のアトリエといった感じだった。

植村は、ここで、毎日、富士と対座しているのだと、田島に云った。彼に云わせると、富士は、一日ごとに違った表情を見せるということだった。

田島は、持ってきた写真を取り出した。

植村は、眼を細めて、写真を見た。

「低い山ですね」

「何処の山か、判りますか？」

「まあ、ゆっくり考えさせて下さい」

植村は、微笑した。写真から眼を離すと、ゆっくりパイプを取り上げて、火を点けた。山や高原ばかり眺めていると、のんびりした性格になるのだろうか。

「どうも、東京近郊の山のようですね」

暫くしてから、植村が云った。

「私は、前に東京に住んでいたことがあります。その頃、武蔵野の写真を、よく撮りました。その時、これと同じような山を見たような気がするんです」

「武蔵野というと――」

田島は、口の中で呟いてから、眼を大きくした。久松が殺された三角山、あの辺りも、武蔵野に入る筈だ。

植村は、奥から、何冊かのアルバムを持って来た。その中から、「武蔵野」と、白インクで書かれたアルバムを手に取って、頁を繰っていたが、

「これを見てごらんなさい」

と、植村は、その中の一枚を、田島に見せた。

ススキの原が、逆光で撮ってあった。穂先が、白く輝いている。バックにある黒い稜線は、確かに、田島の持って来た写真のそれに、似ていた。

「恐らく、同じ山だと思いますよ」

と、植村は、落着いた声で云った。

「何処で、写されたんですか?」

田島が訊くと、植村は、その写真を外して裏を見た。

裏には、ペンで、「百草園《もぐさえん》付近で写す」と記されてあった。

「恐らく、貴方の持って来られた写真も、百草園の近くで、写したものだと、思いますね」

植村は、温和な笑顔を崩さずに、云った。

「百草園？」

田島の顔が緊張した。

京王線で、聖蹟桜ケ丘の次が、百草園だからである。

（この写真は、今度の事件と、関係があるのかも知れない）

6

翌日、田島は、再び京王線に乗り、三角山に向った。三角山の裏側が、すぐ百草園である。頂上に上れば、写真の建物が、眼に入るかも知れなかった。

田島は、三度、ここに来た。だが、三度とも、頂上には登ってはいない。いずれも、久松実が転落した場所から引き返している。

田島は、旧道を通って、頂上に登った。

曇り空のために、視界は余り良くなかった。近くの山脈《やまなみ》は、薄鼠色に煙って見えた。写真の稜線に似ていたが、はっきりしなかった。見る角度が、違うのかも知れない。

田島は、視線を、遠くから近くに移した。

新しく出来た住宅の屋根が、青や赤いろとりどりに華やいで見えた。枯れた畠と、黒く見える雑木林。それと、百草園の庭園も眼に入った。が、写真の建物が、何処にあるのかは判らなかった。

田島は、百草園の方向に、山を降りて行った。

山麓の細い川を渡ると、眼の前に、雑木林が拡がり、その間を、赤茶けた道路が、西に向って伸びていた。途中に立札があって、それには、「柚木村」と書いてあった。

その道を十分ばかり歩くと、右手の高台に学校が見えた。門の前まで来ると、「柚木中学校」という文字が見えた。

(この門だろうか?)

田島は、写真を取り出して比べてみたが、違うようだった。門の形も違っている。

田島は、すぐ傍に、村役場のあることに気づいて、足を向けた。柚木村役場は、新築二階建の建物だった。田島は入ってすぐのところにいた女事務員に、写真を見せた。

この近くの生れらしいその娘は、暫く写真を眺めていたが、

「これ、多摩療育園と違うかな――」

と、小さな声で云った。

「多摩療育園？」

「この近くにある病院ですよ」

女事務員は、今度は、はっきりした声で云った。が、自分一人では、自信が持てなかったらしく、近くにいた青年に、

「一寸、見てくれない？」

と、声をかけた。

太い指で、不器用に算盤を弾いていた青年は、のっそりと立ち上って、女の横から写真を覗き込んだ。

「これは、多摩療育園だ」

と、青年は云った。

「俺は、毎日、この前を通ってくるんだから確かだよ」

「何処にあるんですか？」

田島は、二人の顔を見比べるようにして、訊いた。青年は、田島を見た。

「役場の前の道を、真直ぐ行くと、左側にありますよ。歩いて十分くらいかな」

7

暫く歩くと、左側に、低く長い塀が見えた。

田島は、その塀にそって歩き、門の前に立った。確かに、写真の通りの門であった。バックには、問題の山脈《やまなみ》が見えた。地図によれば、城山、高尾、小仏と続く五百メートルクラスの山々だった。

門に掛っている表札は、古びていて、近寄って見ないと読めなかった。傍に寄ると、「多摩療育園」と書かれてあった。

その文字から、田島が想像したのは、ここが、結核の療養施設ではないかということだった。この想像が当っていれば、ここには、「白衣の天使」という名前の「天使」が、何人もいるに違いない。

田島は、門をくぐった。

埃りっぽい庭が広がっていた。花壇は作ってあるのだが、冬のため花は見えず、庭の広さだけが目立って、荒涼とした感じだった。

誰の姿も見えなかった。吹き下しの風が冷たい。この寒さでは、患者も看護婦も、病室に閉じ籠っているのだろう。

　庭に立つと、寒さで、凍えそうだった。田島は、白い息を吐きながら、「受付」と書かれた小さな窓口に近づいた。硝子を叩くと、中でストーブにあたっていた若い男が、立ち上って来た。硝子をあけて、「何ですか？」と、云った。

　田島は、名刺を出して、責任者に会わせて欲しいと頼んだ。

　男は、田島の声が聞えないような顔で、名刺を眺めていたが、視線を落したまま、

「取材ですか？」

　と、訊いた。

「いや、個人的な用件で、お会いしたいのですが」

　田島が云うと、男は、顔を上げて「そうですか」と云った。

「無駄と思いますが、園長にお会いになってごらんなさい」

「無駄――？」

「ベッドが空いていないので――」

　と、男は云った。彼は、誤解しているようだった。個人的な用件と云ったので、家族の入院のことで、頼みに来たと思ったらしい。田島は、訂正するのも面倒なので、黙っていた。

男は、渡り廊下を、先に立って案内してくれた。別棟に渡り、その二階に上ると、突当りに、「園長室」と書かれたドアが見えた。

男は、先に部屋に入り、暫くして出てくると、「園長が、お会いするそうです」と、田島に云った。

六畳ほどの部屋であった。回転椅子に腰を下していた初老の男が、入って来た田島に会釈してから、傍の椅子をすすめてくれた。

背広の上から、白衣を羽織っていた。背の低い、あまり見栄えのしない男だった。

「私が、この療育園をお預りしている村上です」

と、その男が云った。眼鏡の奥で、小さな眼が微笑していた。

「どんなご用でしょうか？」

「この写真を、見て頂きたいのです」

田島は、写真を取り出して、相手の前に置いた。

村上は、手に取ると、眼から離すようにして、眺めた。

「これは、うちの門ですな」

村上は、のんびりした顔で云った。

「貴方が、写されたんですか？」

「いや、違います。お訊きしたいのは、そこに写っている女性のことなのです。その女性は、ここで働いている方じゃありませんか？」

「ここで働いている？」

「そうです。ここには、看護婦さんが、何人もいらっしゃると思うんですが？」

「ええ。全部で二十人ばかりおりますが」

「その中の一人じゃないでしょうか？」

「さあ」

村上園長は、首をかしげた。

「後姿ではねえ。一寸判りませんな」

「駄目ですか？」

「どうしても、確かめる必要があるのですか？」

「お願いします。重要なことなのです」

「婦長なら判るかも知れませんな。呼んで訊いてみましょう」

村上園長は、気軽く云うと、インターホーンで、婦長を呼んでくれた。

婦長は、細面の、きつい感じの女だった。年齢は四十歳位だろうか。彼女は、部屋に入ってくると、立ったまま、

「そこに写っているのは、うちの看護婦かね?」

村上園長が、写真を、婦長に見せた。

と、園長に訊いた。

「何でしょうか?」

「――――」

婦長は、すぐには返事をせず、黙って、写真を見ていた。田島は、彼女の顔色を窺った。微かな動揺の色を見たような気がしたが、田島の思い過ごしだったかも知れない。

「うちの看護婦ではありません」

と、婦長は、云った。

「二十人もいるのに、後姿だけで、すぐ違うと、判りますか?」

田島が口を挟むと、婦長は、強い眼で彼を見た。

「そのくらいのことが判らなければ、婦長は勤まりません。第一、写真の方は、髪をアップにしていますが、うちの看護婦で、アップにしている者は、一人もおりません。ご用はそれだけですか?」

「それだけです」

と、園長が云い、婦長は、二人に会釈して部屋を出て行った。

8

婦長が、本当のことを云ったのかどうか、田島には判らなかった。嘘をついているのかも知れないが、だからといって、看護婦の一人一人に会わせて欲しいとも云えなかった。

婦長の話が本当なら、写真の女は、入院している患者を見舞いに来た家族としか考えられない。だが、看護婦でないとすると、「天使」との関係は、どうなるのか。

「結核患者の家族というのは、面会は自由なんですか？」

田島が訊くと、村上園長は、一瞬、ぽかんとした表情になった。

「結核が、どうかしたんですか？」

と、園長に訊き返されて、今度は、田島が面喰った。療育園という名前と、郊外の病院ということから、簡単に、結核療養所と決めてしまっていたのだが、違っていたらしい。

「ここが、結核の療養所と思って、訪ねて来られたんですか？」

村上園長は、呆れたというように、眼を大きくして、田島を見た。

「違うのですか？」

「違います。ここに収容されているのは、身体障害の子供達です」

「子供だけですか？」

「そうです。学校へあがるまでの幼児を収容しています」

「身体障害というと、手や足の不自由な——」

「ええ。C・Pつまり小児麻痺の子供達、それに、最近では、アルドリン児も、六人ほど預っています」

「アルドリン——？」

田島の記憶にある言葉であった。

(あの睡眠薬だ)

と、思った。田熊かねが殺された時、使われた睡眠薬の名前が、確か、アルドリンだった。

「あの薬を妊婦が飲むと、奇形児が生れる——」

「心は、奇形ではありませんよ」

園長が、強い声で云った。

「問題は、手だけです。頭脳も精神も正常な子供達です。その手も、医学の力で、必ず治せると私は信じています」

「そのアルドリン奇形児のことですが――」

「奇形という言葉は、あまり使って欲しくないのです」

村上園長は、穏やかに、田島に抗議した。

「私達は、あの子達を、神から授けられたと考えているのです。天使の子、エンゼル・ベビイであると」

「エンゼル？」

田島は、思わず、大きな声を出してしまった。

9

「可笑《おか》しいですか？」

園長が、咎《とが》めるような眼で、田島を見た。

「貴方は、あの子達が、悪魔の申し子とでも、云いたいのですか？」

「違います」

と、田島は、あわてて云った。

「私が驚いたのは、全然、別のことです。実は、ある事件を調べているのですが、その事件に、エンゼルという言葉が関係しているので、偶然の一致に驚いたのです」

「どんな事件ですか?」

「殺人事件です」

「それなら、あの子達とは、関係ありませんね。あの子達は、本物の天使なんですから」

「関係があるとは、云っていません」

と、田島は云った。が、心の何処かで、逆のことを考えていた。

田島は、空色の封筒に、赤鉛筆で書かれてあったアルファベットのことを、思い出した。あの意味が、判ったような気がした。

A＝Angel　B＝Baby に違いない。そして、最後の**C**は、恐らく、その子供の名前を示しているのだろう。

「その子達は、どんな生活をしているんですか?」

「それは、新聞記者としての質問ですか?」

「いや、個人的にお訊きしたいだけです。勿論、記事にはしません」

「正確に書いて頂けるのなら、記事にして頂きたいこともあります」

と、園長は云った。

「私達の力だけでは、どうにもならないことがあり過ぎますからね。特に、あの子達の将来を考えると、いても立ってもいられなくなることがあるのです。あの子達は、もう四歳です。毎日毎日成長しているのです。すぐ、大人になってしまいます。一人前の大人になった時、一体、社会は、どんな風に受け入れてくれるのか、それが不安でならないのです。或るアメリカ人の言葉に、どんな人間でも大統領になれるのだから、靴磨きの子供でも、馬鹿にしてはいけないというのがありますが、あの子達が成長した時、総理大臣にでも、社長にでもなれる世の中であって欲しいんですが」

「今、六人預っていらっしゃるわけですね？」

「そうです」

「その子供達の名前を、教えて頂けませんか？」

「残念ですが、お教え出来ません」

「しかし――」

「堂々と、お教え出来る世の中だと、いいんですが、今は、そうではありません。親達は、自分達の名前を隠したがっているのです。ですから、お教え出来ません」

村上園長は、暗い声で云った。

田島は、諦めて、園長室を出た。が、廊下に出たところで、気持が変った。何とかして、アルファベットの最後のCが、名前のイニシアルであることを、確かめたかった。

渡り廊下に出てから、田島は、出口とは逆の方向に歩いて行った。別棟で、人声がしていた。田島は、足音を殺して近づいた。硝子張りの小さな部屋であった。

部屋の隅で、ストーブが赤く燃えていた。

子供が六人いた。それと、若い看護婦が三人。子供達は、食事の最中だった。いつの間にか、そんな時間になっていたのである。

田島は、廊下に立って、眺めていた。

アルドリンの子を見るのは、初めてだった。可愛らしい顔をした子供達だった。普通の子供と、どこも違ってはいない。いかにも、悪戯好きらしい、眼の大きな男の子もいれば、聡明そうな女の子もいた。

違っているのは、手だった。

どの子も、上衣の袖を、肩の付根あたりまで、まくりあげていた。そうしなければ、短い手が、袖口から出て来ないのだ。看護婦が、子供達の食事を、助けてやっていた。

子供達の一人が、田島の姿を見つけたのか、急に、よちよちと、窓の方に歩き出して来た。男の子だった。短い手をかばうためか、歩き方は、普通の子供に比べて、ぎこちなかった。倒れるのを怖がっているのかも知れない。

「チカラちゃん」

と、看護婦が呼び、駈け寄って来て、その子を抱き上げた。看護婦というより、保母の感じだった。

彼女は、廊下に立っている田島に気付いて、強い眼で睨んだ。

彼女は、窓硝子をあけて、

「どなたですか？」

と、咎めるように、訊いた。

田島は、その声を聞いていなかった。というより、聞こえなかったと云った方がいい。彼は、呆然として、彼女の腕に抱かれている男の子の顔を、眺めていた。

眼の大きい、賢こそうな男の子だった。だが、田島を呆然とさせたのは、そのことではなかった。その子供の顔が、あまりにもよく、昌子に似ていたからである。

第十二章　事件の核心

1

その夜、田島は、盛岡行の列車に乗った。昌子の時刻表に、赤く印のついていた、二十二時十八分上野発盛岡行の急行「北星」だった。

改札口を通る時、スキーを担いだ若者のグループがいたので、車内で騒がれるのではないかと心配したが、幸い、そのグループは、他の車輛に行ってしまった。

田島は、静かな車内で、自分の考えに沈むことが出来た。

多摩療育園で受けた驚きは、まだ、田島の心の底に残っていた。だが、今は、冷静な思考が、それに加わっている。

若い看護婦は、あの子を、「チカラちゃん」と呼んだ。どんな字を書くのか、田島には判らない。力か、主税か、そんなことは、どうでもよかった。問題は、「チカラ」という名前だった。ローマ字で綴れば、TIKARAだ。中年の久松は、恐らく、ヘボン式のローマ字で学んだに違いない。ヘボン式で綴れば、TIKARAはCHIKARAになる。イニシアルは、Cになるのだ。

空色の封筒に書いてあったA.B.C.は、あの眼の大きな、可愛らしい男の子のことに違いない。

あの子は、昌子に似ていた。が、昌子の子である筈がなかった。昌子は、田島以外の男を知らない筈なのだ。とすれば、田島の頭に浮んでくる女は、一人しかいなかった。岩手にいる昌子の姉だ。田島は、まだ会ったことはないが、姉妹なのだから、顔は昌子に似ているに違いない。その姉の子が、昌子に似ていても、不思議はない。

田島は、写真を取り出した。ここに写っている和服の女は、昌子の姉に違いないと思う。年齢も、昌子の姉なら三十代で、丁度合っている。それに、東北の富農に嫁いでいれば、和服を着るチャンスが多いであろうから、着慣れた感じがあっても、おかしくないのだ。

田島は、今度の事件の本当の姿が、朧《おぼろ》げながら見えて来たような気がした。だが、田島の想像が当っているかどうかは、岩手に行って、昌子の姉に会ってみなければ、判らなかった。

黒磯を過ぎるあたりから、車窓の外は、雪になった。闇の中を走る白い線を眺めながら、今日が十二月一日であること、与えられた休暇が、あと一日しかないことを、田島は考えていた。事件が起きてから、もう半月たっているのだ。

盛岡で乗りかえ、山田線のK駅で降りたのが、翌日の午前十時四十分だった。

雪は止み、青空も見えていたが、駅の屋根も、周囲の畠や雑木林も、白一色に彩られていた。積雪は、二十センチ近い。田島は、用心のため、ゴム長を履いてきて良かったと思った。

田島は、駅員に教えられた道を、K村に向って歩いて行った。道路の雪は、かためられていて、滑り易いのを除けば、歩きにくいことはなかった。

途中で、荷車を引く農夫にすれ違った。荷車には、子供が一人乗っていた。セーターがまくれ上って、お臍《へそ》が出ていた。あれで、子供は寒くないのだろうか。

右手に、村役場が見えた。

田島は、薄暗い役場の建物に入って行った。

赤ん坊を背負った農婦が、大きな紙をひろげて、女の事務員に、

「なじょに書けば、よがすべ？」

と、訊いている。何かの申告書類なのだろう。答えている女の声も、濁音の多い東北弁だった。

ストーブの傍では、若い男が二人、手をかざしながら、大声で喋っている。

「おらは、むごは、ヤンだな」

と、一人が云う。

「第一、おらのような人間は、むごには向かないべ」

「んだ。んだ。おめえみてえなもんを、むごに貰う家は、ながんべ」

田島は、聞いていて、最初、「むご」というのが、何のことか判らなかったが、そのうちに、「婿」のことらしいと判った。青年らしく、結婚について話し合っているらしい。

田島が声を掛けると、二人は、びっくりしたように、大きな眼を向けた。

田島が、社名入りの名刺を渡すと、二人は、「へえ」と、感心したような声を出した。

「何の用で、来たんですか？」

と、背の高い方が訊いた。言葉つきが、さっきとは、変ってしまっていた。訛りはあるが、標準語になっていた。田島は、その変化の鮮やかさに驚いた。顔付きまで、妙に改った表情になっている。

「山崎昌子の姉が、ここに住んでいる筈ですが？」

と、田島が訊いた。

相手は頷いた。

「時枝さんといいます。地主の沼沢さんとこへ嫁入りしたですよ。もう五年前になるかな」

「その沼沢夫婦の間に、子供がいますか？」

「います。可愛いい子が一人います」

「今、家にいますか？」

「いる筈ですよ。昨日も、婆さんに抱かれてるところを見ましたからね」

「男の子？」

「いや、女の子です。二つだったですよ。確か――」

「もう一人、男の子がいるんじゃありませんか？　四歳になる子です。今は、家にいないかも知れませんが」

「もう一人？」

と、相手の青年は、暫く首をひねっていたが、急に、にっこり笑うと、

「それは、思い違いですよ」

と、云った。

「思い違い？」

「四年前、生れる筈だったことは確かです。しかし、死んじまったです。流産して──」

「死んだ？」

田島は、難しい顔になった。それでは、多摩療育園で見た男の子は、昌子の姉の子供ではないのか。

「本当に、死んだんですか？」

「本当です。届も出ています」

「届というと、医者のですか？」

「この地区に医者はおりません。保健婦の死亡診断書が出てます。それで、役場で埋葬許可証を出したです。そうする規則になってるもんで──」

「本当に、流産かどうか、確かめたんですか？」

「確かめなくたって、ちゃんと、死亡診断書が出てますからね。それに、規則通りなんだから」

青年は、呑気な声で云った。人間が死んだ場合の手続きというのは、そんなに簡単なのだろうか。お役所仕事は煩瑣なものという観念があるだけに、田島は、意外な気がした。それとも、この安直さは、田舎の村だけのものなのだろうか。規則云々と云っているところをみると、埋葬許可証というのは、何処でも医者の死亡診断書さえあれば、簡単に貰えるのだろう。

死亡は確認されていないのだ。

（もし、その死亡診断書が、インチキであったら――）

充分、恐喝のネタになる筈だ。久松は、それをネタにして、強請っていたのではあるまいか。

（だが、中村警部補の話では、久松は、K村へ来ていないという。村役場の者に、久松の写真を見せたが、見憶えがないという返事だったと、警部補は云った）

久松は、東京にいて、どうやって、恐喝のネタを摑むことが出来たのだろうか。

田島は、不思議な気がした。が、考えてみれば、子供の生死ぐらいのことは、わざわざ来なくても、手紙で問い合わせれば判ることなのだ。

「沼沢家のことで、前に、東京から、何か問い合わせの手紙が来たことはありませんか？」

と、田島が訊くと、相手の青年は、簡単に頷いた。

「そう云えば、一度あったです。沼沢夫婦の子供のことを、詳しく知らせて欲しいという手紙でした」

「差出人は？」

「確か、週刊何とかいう雑誌社でした」

「週刊真実社？」

「それです。その雑誌社です」

「成程ね」

田島は頷いた。やはり久松だ。週刊真実社の名前を使ったから、中村警部補が、ここへ来た時、久松の名前を、聞くことが出来なかったのだ。そして、あの写真が恐喝に使えたということは、四年前の死亡届に疑問があることを示している。

田島は保健婦の家を聞いた。彼が、礼を云って、二人に背を見せると、彼等は、また、彼等の世界に戻った。

「おめえんとこ、りっぱなテレビ買ったなス」

「おら家《え》えだけ買わねえと、風が悪くてなス」

神社の傍にあるという保健婦の家に向って歩きながら、田島は村役場の若者の態度を、思い返していた。彼等が、急に言葉遣いを変えたのは、田島に対する親切からだろうか。それとも、外来者への警戒心のためだろうか。いずれにしろ、否応なしに、自分が、この村にとって外来者であることを、思い知らされた感じがした。

神社は、すぐ判った。鳥居は立派だったが、社《やしろ》の方は、小さな藁葺《わらぶ》きの小屋であった。その鳥居にも、社の屋根にも、重く雪がかぶさっていた。保健婦の家は、神社の裏手にあった。

普通の農家と、同じ構えの家であった。庇の深い、薄暗い玄関口に立つと、入口の柱に、「戦死者の家」と書かれた木の札が打ちつけてあるのが見えた。東京では、見かけない標札だった。

案内を乞うと、四十五、六の女が顔を出した。皺の多い、陽に焼けた顔をしていた。田島が、東京から来たというと、びっくりしたように口を小さくあけてから、

「どうぞ」

と、田島を、座敷に上げてくれた。

保健婦が、こうした山あいの部落で、どんな立場にあるのか、田島にはよくわからない。だが、ここでは、インテリの一人に入るのだろう。口の重い感じはなく、向うから、保健婦の仕事のことなどを話してくれたが、田島が、沼沢家のことに触れると、途端に、彼女の口は、固く閉ざされてしまった。

その後は、何を訊いても、彼女は、答えようとしなかった。好人物らしく見えた顔が、能面のように、固く、動かないものになってしまった。

「僕が知りたいのは、四年前の沼沢時枝の流産が、本当かどうかということだけです」

と、田島は、云った。

「貴女を非難しようとか、警察に話すというような気持は、絶対にありません。ただ個人的に、知りたいだけなんです」

だが、保健婦の表情は、動かなかった。田島の言葉を、肯定も否定もしない。ただ、黙っているのだ。

その、鈍重としか表現できない沈黙の重さに、田島の方が、先に、痺《しび》れを切らしてしまった。

田島は、黙って、保健婦の家を出た。妙に、やり切れない気持だった。昌子の姉に会えば、このやり切れなさが倍加することは、判っている。だが、今から引き返すわけにもいかなかった。

沼沢家は豪農らしく、欅《けやき》に囲まれた大きな邸だった。

庭に入ると、縁側の近くに立って、子供をあやしている女の姿が見えた。和服姿の三十歳ぐらいの女だった。その後姿に、田島は頷くものがあった。やはり、写真の女なのだ。

田島が近づくと、庭の隅につながれていた犬が吠え、その声で、女がふり向いた。昌子に似た、そして、「チカラ」と呼ばれていた男の子にも似た顔が、そこにあった。

田島は、名刺を出しかけてから、それを止めて、

「田島です」

と、いった。

「東京で、昌子さんと親しくしていた者です」

「昌子と——？」

おうむ返しにいってから、女は、怯《おび》えた表情になって、身体を固くした。彼女の腕の中で、女の子が、急に泣き出した。彼女は、あわてて、あやしながら、

「どうぞ、上って下さい」

と、小さな声で、田島にいった。

田島は、奥の部屋へ通された。立派だが、薄暗い部屋だった。向い合って坐った時、田島は、相手の左手の指が二本、短いことに気付いた。

「時枝さんですね？」

と、田島は、改めて訊き、頷くのを見て、

「今日は、妹さんのことで、伺ったんです」

と、いった。

時枝は、一層、青ざめた顔になった。が、何もいわなかった。

田島は、言葉を続けた。

「昌子さんは、久松実という男を殺した犯人として、警察に逮捕されました。勿論、このことは、ご存知の筈です。彼女は、久松と関係していて、それを清算するために、殺したんだと、自供したんです。しかし、これは嘘です。昌子さんが、そんな女でないことは、僕が一番良く知っています。だから、調べました。そして、この写真を手に入れたのです」

田島は、持ってきた写真を、時枝の前に置いた。彼女は、それを見た。が、すぐ視線をそらせてしまった。

「そこに写っている女性は、貴女ですね？」

田島がいった。が、答はなかった。時枝は黙っている。田島は、次第に、いらいらしてきた。

「それは、貴女だ」

と、田島は、強い声でいった。

「貴女は四年前、男の子を生んだ。だが、生れた子が、アルドリン児と知ると、保健婦に死亡診断書を書かせて、流産したことにした。そして死んだことになった子供を、多摩療育園に預けた。東京へ連れて行ったのは、恐らく、昌子さんだったんでしょうね。彼女が、急に上京した理由が、今になって、判ってきましたよ」

「――――」

「だが、貴女は、母親として、その子のことが心配でならなかった。だから、ひそかに、東京に会いに出かけた。それを、運悪く、久松に写真に撮られてしまった。それが、その写真ですね？」

「――――」

「久松は、秘密を知って、貴女を強請った。昌子さんは、それを知って、貴女を助けようとしたのですね？　僕は、昌子さんから、姉さんに命を助けられたことがあると、聞かされました。貴女の左手の指を見て、それが、どんなことだったか、判ったような気がします。恐らく、熊か何かに襲われた時、貴女が、妹さんを命がけで助けたのだ」

「――――」

「だから、今度は、昌子さんが、貴女を助けようとした。彼女は、貴女に代って、二十万円の金を、久松に渡した。上野で、その金を振り込んでから、彼女は、久松のアパートを訪ねたのだと思います。その写真のネガを返して貰うために。だが、味をしめた久松は、いうことを聞いてくれなかった。写真は、ネガさえあれば、何枚でも焼き増しが出来るものです。何度でも強請ることが出来ます。それに、もっとひどいことを、昌子さんに対して要求したのかも知れません。だから、彼女は、久松を殺した。自分の為にではなく、貴女のためにです」

3

「昌子さんも、恐らく、何度か、多摩療育園を訪ねていたに違いない。貴女が、妹の昌子さんに、子供の近況を知らせてくれるように、頼んだからかも知れません。だから、彼女は、多摩療育園に近い三角山の地形に詳しかった。久松も、療育園に近い場所だったから、何となく安心して、誘い出されたに違いない。だから、こんなことは、もう、どうでもいいのです。問題は、貴女のために、昌子さんが、殺人を犯したということです」

田島は、言葉を切って、時枝を見た。

時枝は、俯《うつむ》いていた。彼女が、今、何を考えているのか、田島には判らない。

時枝は、ただ、黙っている。唖のように、黙っているだけだ。

「何か云って下さい」

と、田島は云った。

だが、はね返って来たのは、保健婦の家でぶつかったのと同じ、鈍い沈黙だけだった。

「何か云って下さい」

田島は、同じ言葉を繰り返した。

「昌子さんは、貴女を庇っている。あのまま刑を受けたら、貴女の秘密は、保てるかも知れない。沼沢という、この家に、傷がつかずに済むかも知れない。しかし、昌子さんは、どうなるんです？　このまま裁判になったら、重い判決が下りるのは、眼に見えています。情状酌量の余地のない事件になってしまっているのです。しかし、本当のことが判れば、判決にも手心が加えられて、軽い刑で済むかも知れない」

「――――」

「何故、黙っているんです？」

田島は、いらだち、その焦燥を、ぶちまけるように、怒鳴った。

「何故、答えてくれないんですか？　今度の事件の原因は、貴女の筈です。アルドリン奇形の子が生れた時、貴女が、堂々と自分で育てる勇気を持っていたら、今度の事件は、起きなかった筈です。貴女の、勇気のない、姑息《こそく》な手段が、結果的に、二人の人間を殺すような恐しいことを、昌子さんにさせてしまったんじゃありませんか。それなのに、貴女は、何もしようとしない――」

「――――」

相変らず、返ってきたのは、沈黙だけだった。

田島は、次第にやり切れなくなってきた。

何故、黙っているのか。もし、田島の言葉が不快なら（恐らく、不快だろう）帰ってくれと、叫べばいい。その方が、田島には、手応えがあって、自分の気持を決め易い。だが、沈黙は、やり切れなかった。

時枝は、じっと、押し黙っている。一体、この女は、何を考えているのだろうか。それだけでも知りたい。俯いていては、顔色も読めない。

黙っていれば、何とかなると思っているのだろうか。沈黙が、唯一の解決策だとでも、信じているのか。昌子の犠牲によって、自分達の秘密を守ることに、何の痛痒も感じないのか。

「何か云って下さい」

田島が云った。しかし、その言葉は、部屋を蔽っている重い沈黙に、吸い込まれて、消えてしまった。

田島は、次第に、我慢がならなくなってきた。一触即発の研ぎすまされた沈黙なら、まだ我慢が出来る。だが、田島の前にある沈黙は違っていた。鈍重な、どうしようもない沈黙なのだ。時枝の胸倉を摑んで、小突き回しても、この沈黙は、破れそうもなかった。

田島は、痺れを切らして、立ち上った。時枝は坐ったままだった。田島は、自分で障子をあけて、廊下に出た。その時、廊下の隅に、うずくまるようにしている老人の姿が見えた。小柄な老婆だった。恐らく、田島の言葉を盗み聞きしていたに違いない。だが、陽に焼けた、皺《しわ》の深い老婆の顔には、何の表情も浮んでいなかった。田島は土間へ降りた。家の中は、相変らず静まりかえっている。田島は、そのどんよりした沈黙から逃がれるように、庭に出た。

雪の庭には、相変らず、冬の陽が降り注いでいた。暗い家の中から出てきた田島は、雪の眩しさに、眼をしばたたいた。

その時、背後で、男の声が田島を呼んだ。

4

背の高い、痩せた男だった。男は、訛りの少い声で、「沼沢です」と云った。はじめて、沈黙が崩れた感じがした。

「お話は、聞こえました」

と、沼沢は云った。

「そのことで、お話したいことがあります。聞いて頂けますか？」

「勿論、聞かせて貰います」

と、田島は云った。

「そのために、ここまで来たんです」

「こっちへ来て下さい」

沼沢は、低い声で云い、先に立って、歩き出した。男の後姿には、農民の感じはなかった。土の匂いのしない顔であった。

沼沢は、百メートルばかり離れた神社の傍まで、田島を連れていった。保健婦の家の傍の神社ではない。この村落には、神社が多いのだろうか。

「ここなら、誰にも聞かれません」

と、沼沢は云った。

田島は黙って、煙草を取り出して、火を点けた。沼沢は、視線を、北の山襞《ひだ》に向けて、

「昌子には、すまないと思っているのです」

と、云った。田島は、相手の横顔を、睨むように見た。

「それなら、何故、真相を、打ち明けて、昌子さんを助けようとしないんです?」

「真実が明らかになったら、それで、どうなるんです?」

「どうなる――?」

田島は、声を高くした。

「このまま、昌子さんに、全部の責任を負わせて、知らん顔をしている積りですか？」

「――――」

「今度の事件は、元を正せば、貴方や時枝さんが、姑息な手段を取ったことにあるんじゃありませんか。勇気を持って、アルドリンの子を育てることにしていたら、今度の事件は起きていなかった筈でしょう？　違いますか？」

「云うだけなら、簡単です」

「どういうことですか？　それは――」

「貴方が、事件の当事者でないということです。傍観者なら、どんなことでも云えます」

「傍観者――？」

田島の顔が蒼ざめた。この瞬間まで、自分が事件の傍観者だと思ったことは、一度もなかった。自分は、事件の当事者なのだ。そう信じていた。自分は、事件に捲きこまれている。だから、苦しみ、悩んでいるのではないか。だから、岩手まで、足を運んだのだ。

「僕が、傍観者だと云うんですか？」

「私から見れば、傍観者の立場にいるとしか思えません」

「理由を云って下さい」

田島は、強い眼で、沼沢を見た。

「僕は、昌子が、昌子さんが、今度の事件に関係していると判った瞬間から、自分が、事件の中に放りこまれたと思って来たんです。冷静であろうとしても、冷静になることが出来ませんでした。一度だって、傍観者であったことはなかった積りです。それでも、僕が、傍観者だと云うんですか？」

「貴方が、昌子を愛していることは、判ります。感情的に、第三者でいられなかったとおっしゃるのも、嘘とは思いません。しかし、貴方が傷つくとしても、それは、貴方の感情だけです。私や時枝や、沼沢の家にとっては、生活がかかっているんです。私や時枝や、母の感情だけが傷つくんじゃありません。生活が破壊されてしまうんです。もし、真実が明らかになってしまったら、私達は、この村にいられなくなるでしょうから」

「だから、昌子さんを犠牲にすることが、許されると云うんですか？」

「許されるとは云っていません。しかし、今となっては、誰かが犠牲になって、沼沢の家を守る必要があるんです。昌子も、そう思っているから、本当のことを云わないんでしょう」

「家のために、個人が犠牲になるなんて、まるで――」

「一昔前の新派悲劇ですか――?」

沼沢は、ひどく暗い笑い方をした。

「私も、そう思います」

「それなら、何故?」

「一寸待って下さい」

沼沢は、暗い顔のまま、低い咳払いをした。

「説明させて貰いたいことがあるんです」

「何ですか?」

「ここまで来てしまった事情です。貴方には判らない、ここの風土というものです」

「風土? そんなものが、今度の事件と関係があるんですか?」

「あります」

と、沼沢は云った。

「だから、説明させて欲しいんです」

5

「私は、家が比較的豊かだったので、大学まで行かせて貰いました。この地方では、いわゆるインテリというわけです。私は、ここに戻って来た時、おこがましくも、村の封建制を打ち破ろうと考えたのです。村の若者達を集めて、政治論議もやったし、娘達に、産児制限の必要性も喋りました。家庭の合理化とかいうこともです。話には、多勢の人が集ってくれたし、試しに、アンケートをとってみると、私の満足するような答ばかり集ってくるのです。それで、農村の民主化、近代化も、案外簡単に出来るものだと、悦に入っていたのです。それが、とんでもない誤解でした。村の人が集ったのは、私が地主《だんな》の家に生れたから、義理を欠いては悪いという気持からだったのです。アンケートの答は、本当の気持とは違ったものを書いていたのです。農民は、自分達以外の人間には、本心を見せません。私は、いつの間にか、部外者の考えと言葉で、彼等に話しかけていたのです。だから、彼等の方でも、私に対して、農民の声で答えていなかったのです」

「それと、今度の事件と、どんな関係があるんですか？」

「あの時の私と同じ眼で、貴方は、私達を見ているということです。何故、個人が家のために犠牲にならなければならないのか？　何故、勇気を持って、アルドリンの子を育てようとしなかったのか？　何故、真実を明らかにする勇気を持たないのか？　貴方は、そう訊いた。貴方の云うことは、正しいでしょう。あの時、私が喋ったことが正しかったように。しかし、ここでは、何の力にもならない言葉です。正しいだけで、人間は動けません。この辺りでは、赤ん坊は、エジコという竹で編んだ籠の中に入れて育てます。発育が悪くなるし、暗い所に置くので、くる病の原因になると云われています。私は、それを止めさせようとしました。大学で勉強した私の眼には、エジコの中に赤ん坊を押し込んで育てるやり方が、農民の無知の標本のように思えたからです。しかし、私が間違っていたのです。ここには、保育所はありません。母親が野良仕事に出たあと、赤ん坊をどうしたらいいのか。蒲団に寝かせて置いたら、這い出して、縁側から落ちて怪我をするかも知れない。風邪をひくかも知れない。そうしたら危険を防ぐには、エジコに入れるしかないんです、ここでは、それが、最上の生活の手段なのです。それが判らなければ、どんな正しい言葉でも――」

「エジコの話は、もう結構です」

田島は、いらいらしながら、相手の言葉を遮ぎった。彼が、ここへ来たのは、農村の封建制について議論するためでも、エジコの講釈を聞くためでもない。

「今度の事件に関係したことを話して下さい。具体的に——」

「——」

沼沢は、自分の足元に、眼をやった。陽がかげり、風が強くなった。

「五年前、私は、時枝と結婚しました」

と、沼沢は、視線を落したまま云った。

「そして、六ヵ月後に、時枝は、自殺を図ったのです」

6

「ここでは、今でも、家の格式が、やかましく云われます。本家と分家の関係も、昔通り残っています。私の眼には、それが、とんでもない時代錯誤に見えたのです。ナンセンスに思えました。それに、さっきお話したように、農村の民主化も簡単だという錯覚も手伝って、私は、格式の違う時枝と結婚する気になったのです。ところが、猛烈な反対にぶつかりました。村は、昔のままの村だったのです。分家の人間は、こぞって反対しました。中には、時枝の指が、二本短いことを理由にして、片輪の嫁を貰う必要はなかろうと陰口を云う者もいたくらいです。時枝は参ってしまって、自殺を図りました。睡眠薬を飲んで――」

「アルドリン？」

「そうです。時枝は、二十錠飲みました。しかし、死ねませんでした。死ぬには、不適当な薬だったのです。私は、ほっとしました。しかし、その時、時枝は、妊娠していたんです」

「それで、アルドリンの子を？」

「ええ。保健婦の腕に抱かれた赤ん坊を見た時、私は、眼の前が、真っ暗になったような気がしました。しかし、私は育てようと思いました。時枝が、反対したのです」

「時枝さんが？」

「そうです。母親である時枝がです。非道《ひど》い母親と思いますか？　しかし、時枝には、農村で生きていくということ、この地方で生きていくということが、どういうことか、判っていたのです。私が育てようと考えたのは、正しくはあっても、ここの風土では、甘ったるい、空虚な感傷でしかなかったのです。理想や正義で、子供は育てられません。ここでは、土を耕やすことの出来ない子供は、生きる資格がないし、生きてもいけないのです。ここでは、子供も労働力ですからね。身障の子は労働力にならない。生きる資格がないのです」

「生きる資格がない？」

「非道い云い方だとは判っています。しかし、それが現実だし、そう考えさせるものが、ここには、あるんです。子供だけじゃありません。老人でも同じことです。野良仕事の出来なくなった老人は、ここでは、存在価値がなくなってしまうのです。自分自身で、そう考えてしまうものが、ここにはあるんです。それは、農村の貧しさかも知れないし、野良仕事の激しさかも知れないし、或は、落伍者意識を植えつけるものが、何かあるのかも知れません」

「だから、死んだことにしたんですか？」

「理由は、もう一つあります。私と時枝の結婚は、祝福されませんでした。出産の日にも、手伝いに来てくれた者はいません。その上、奇形児が生れたとなったら、どうなります？　それ見ろ、罰が当ったと云われるに決っています。身障の嫁を貰うから、身障の子供が生れたんだと云われるかも知れません。私は、堪えられたとしても、時枝は、堪えられないに決っています。だから、私も、時枝や、母に賛成したのです」

「しかし、アルドリン奇形の子が生れたのは、貴方がたのせいじゃなくて、薬のせいじゃありませんか？」

「理屈は、そうです。しかし、人間が納得するのは、理屈ではなくて、感情によってです。それに、あの子が生れた時は、アルドリン問題は、まだ、起きてなかったのです。薬のせいだと確信できる時でも、なかったんです。あの子を、周囲の眼から隠してしまうことが、最良の方法だったのです。保健婦も、すすんで、私達のために、死亡診断書を書いてくれました。あの人は、戦争未亡人です。今日まで女一人で生きてくる間、どれだけ中傷や、詰らない噂に堪えてきたか、私は知っています。今になっても、『戦死者の家』という標札がついていて、それらしく生きていくことを無言で要求するのが、ここの風土なんです。だからこそ、彼女も罰せられるのを覚悟で死亡診断書を書いてくれたんです。ここで生きていくには、そうすることが、一番賢明だと、知っていたからです」

「何故、それが、賢明な生き方だと、判るんですか？」

「そうして、生きて来たからですよ。誰も助けてくれなければ、自分のまわりに、固い殻を作って、その中で生きていくしかないんです。それから、はみ出す行為は、理屈の上では正しくても、してはならないことなんです。貴方は、時枝が、黙っていると云って怒りましたね。しかし、何か云って、それで、どうなるんです？　どうにもなりませんよ。だから時枝は、黙っていたんです」

「しかし、何故、昌子さんだけが、犠牲にならなければならないんですか？」

「家が破壊されるのを防ぐには、誰かが犠牲にならなければならなかったんです。私であっても、時枝であっても良かったんです。昌子がいなかったら、私が、久松を殺していたでしょう。その場合でも、絶対に、秘密は明かさなかったでしょう」

「そんな考え方は、間違っている」

「そうかも知れません。しかし、他に方法はないんです。ここで生きていくには――」

「しかし、貴方は、間違っているんだ」

田島は、同じ言葉を繰り返した。返事はなかった。田島も、次の言葉を見失って、黙ってしまった。

7

沼沢は、いろいろと話してくれた。だが、田島にとっては、時枝や保健婦から感じた重い沈黙と、同じものでしかなかった。

失望と怒りを背負って、田島は、その夜の列車に乗った。

東京に戻った田島は、是が非でも、昌子に会わなければならないと、思った。彼女の本当の気持が知りたかった。

田島の知っている昌子は、聡明な娘だった。古臭い因習や、封建的美徳を、はね返せる気性の持主の筈だった。

金網越しに会った昌子は、蒼ざめてはいたが、落着きは失っていなかった。

昌子は、田島を見て、微笑した。

田島は、早口で、すべてを話した。岩手に行き、時枝や沼沢に会ったことも、多摩療育園を訪ねたことも。

「僕には、今度の事件の本当の姿が、判ったんだ」

と、田島は云った。

「君が、家の秘密を守るために、犠牲になる必要はない。本当のことを、何もかも話すんだ。そうすれば、君は、軽い刑ですむんだよ。久松の場合は、一種の正当防衛だという論もできる。管理人の場合にも、君に殺意がなかったことを証明するのは、そう難しくはないんだ。君は、姉さんが、アルドリンで自殺を図ったのを知っている。アルドリンが、殺人には、ふさわしくない睡眠薬であることを、知っていたことになる。つまり、脅かす積りだったが、殺す気はなかったことに出来るんだ。本当のことを、君が話せば」

「――――」

「君が、田熊かねに、アルドリンを使ったのは、自分を、追いつめたものへの抗議の気持があったからなんだろう？　それなら、あくまで、その気持を貫くべきじゃないか。裁判の時には、本当のことを、堂々と云うのが――」

途中で、田島は、言葉を呑み込んでしまった。

眼の前の昌子が、彼の知っている昌子ではなくなっていたからである。明るい、都会的な昌子の顔ではなくなっている。田島は、狼狽した。今、彼の前にいるのは、岩手の雪の中で会った時枝や、保健婦と同じ、能面の顔の女だった。柔らかい蒲団で育った娘ではなく、エジコで育った娘が、そこにいた。田島の知っていた昌子は、何処へ消えてしまったのか。

昌子は、押し黙っている。

田島の狼狽が深まった。昌子のために悩み、彼女と一緒に苦しんでいたという自負は、自分の勝手な、ひとり合点だったのか。

(貴方は、傍観者だ)

と云った沼沢の言葉が、彼の脳裏をかすめた。昌子の眼にも、自分は、第三者としか映っていなかったのか。

「何か云ってくれ」

と、田島は、大声で云った。だが、昌子の口は、ひらかなかった。昌子は、一体、何を考えているのか。自己犠牲に酔っているのか。

「君は間違っている」

田島は、乾いた声で云った。

「君も、君の姉さんも、君の義兄さんも、沈黙していれば、どうにかなると思っている。だが、君達は間違っているんだ。黙っていたら、何も解決されないんだ」

8

田島は、重い疲労を感じた。その沈黙の壁は、打ち破ることが出来ないのだろうか。

新聞に、真相を発表したら、どうなるのか。間違いなく特ダネだ。だが、それでは、昌子達を、より深い沈黙に、追い込んでしまう恐れがあった。

昌子達に、すすんで、真実を話させるようにしなければならない。だが、そんなことが可能だろうか。

今度の事件は、沼沢夫婦が、偽の死亡診断書を保健婦に書かせたことに、始っている。沼沢は、そうすることが、最上の道だったのだと云った。あの風土の上では、他に方法がなかったと云った。時枝も昌子も、それを肯定している。彼等が云うように、アルドリンの子を、堂々と育てられない風土であり、社会なのか。もし、そうなら、今度の事件で裁かれるのは、山崎昌子ではなく、田島を含めた社会全体ということになりはしないのか。こんな風に考えるのは、新聞記者的な見方であり過ぎるだろうか。

田島は、暗い想像にとりつかれた。多摩療育園で育ちつつある「チカラ」という子のことだった。

あの子は、今、四歳だ。すぐ大人になる。頭脳に欠陥のない彼は、普通の人間と同じく、読書し、考えるようになるだろう。

彼は、自分が、アルドリン奇形であるために、親から捨てられたことを、知るかもしれない。

或る国では、母親がアルドリンの子を殺したが、無罪になった。その子が、アルドリン児だから、殺人犯が、無罪になったのだ。あの子は、そのことも、知るかもしれない。

彼が、そうした事実を知り、自分を取りまく社会に対して、憎しみを感じ、その憎悪のために、ピストルの曳金を引いたらどうなるのか？

十何年後に起きる可能性のあるその事件を、未然に防ぐためにも、今度の事件の真相が、明らかにされる必要があるのだ。

彼が、アルドリン奇形に生れたのは、彼の責任でも、母親の責任でもない。その薬を発明し、販売し、販売することを許可した我々全ての責任なのだ。そのことが、公判の席で明らかになれば、十何年後の事件は、未然に防ぐことが出来るだろう。だが、今は、その道が閉ざされてしまっている。

田島が、暗い想像から自分を取り戻した時、「折鶴の集い」という看板が眼に入った。主催が、「天使を守る会」となっている。その言葉に、田島は、心をひかれた。

9

Mデパートの五階で、その会は、開かれていた。

狭い部屋に、折鶴がいくつも下っていた。壁に貼られた紙には、「この折鶴は、アルドリン児を持つ母親が、子供達の幸福を祈って折ったものです」と、書いてあった。

隣の特売場は、人で溢れているのに、こちらの部屋は、ひっそりとしていた。「受付」と書かれたテーブルに、三人の婦人が腰を下していた。彼女達は、アルドリン児を持つ母親だという。

「私達は、あの子達が入れる病院を造りたいと思っています」

と、そのうちの一人が、田島に云った。

「あの子達も、もう四歳なのです。一刻も早く病院を造って、機能訓練を始めなければならないんです。アルドリンの子のためだけではなく、他の身障の子のためにも、病院は必要です」

「金が掛りますね？」

「ええ。それで、政府にお願いする一方、皆様の協力をお願いしたいと思って、署名を集めさせて頂いているのです」

彼女は、傍にあった署名簿を見せてくれた。何人もの署名があった。気どった字や、遠慮がちな字、大きな字、小さな字、さまざまな名前が並んでいた。

「私は、あの子達の問題が、社会全体の問題だと思っています」

と、もう一人の母親が云った。

「一人一人の母親の力で、解決できる問題ではないと思うんです。社会全体が、力を添えて下さらなければ、どうにもならないことだと、思うんです」

「僕も、そう思いますね」

と、田島も、頷いた。

昌子達は、自分達だけで、問題を片づけてしまおうとした。だから、あんな姑息な、暗い方法しか考えつかなかったのだ。

最初から、社会全体の問題として、とらえる姿勢が必要だった。ここに、そう考えようとしている母親達がいる。

田島は、いくらか、気持が明るくなるのを感じた。

「お子さんに、会わせて頂けませんか？」

と、田島は、云った。

「写真を撮りたいんです」

「写真――？」

田島に向かい合っていた母親の顔が、蒼ざめた。彼女は、咎めるように、田島を見た。

「あの子の写真を、撮るんですか?」

「そうです。貴女と一緒に遊び回っている写真を撮りたいんです。その写真を見せて、勇気づけたい人がいるんです。それに、新聞にも載せたいのです」

「お断りします」

「何故です?」

「何故って、訊くんですか?」

彼女の声が、高くなった。

「どうして、あの子の写真を、撮らなきゃならないんです? 貴方には、私が、どんなに苦しんでいるか、お判りにならないんです。あの子の写真を撮って、さらしものにする積りですか?」

「違います。貴女は、今、社会全体の問題だと、云った筈です。それなら何故、カメラを向けられることを怖がるんですか?」

「無理矢理、傷口に触れることはないじゃありませんか?」

彼女は、蒼ざめた顔で、云った。

「私は、あの子を、さらしものにしたくありません。あの子を見なくても、こうして、何百人、何千人という方達が、私達の考えに賛成して下さっているんです。どうして、写真まで撮る必要があるんです？」

「貴女は、間違っている」

と、田島は、云った。沼沢にも、昌子にも、田島は、同じことを云った。あの時には、何が間違っているのか、正確には判っていなかったが、今は、はっきり判ったと思う。

「貴女がたは、これは、社会全体の問題だと云った。僕も、その通りだと思います。しかし、黙っていて、かくしておいて、社会全体の問題になると思うのですか。何故、貴女がたは、子供達をここへ連れて来て、皆に紹介し、写真を撮らせないのですか？　そうすることによって、初めて、社会全体の問題になるんじゃありませんか？その勇気がないのなら、社会全体の問題になるどころか、貴女がた一人一人の個人的な問題で終ってしまうじゃありませんか」

「貴方に、あの子の母親である私の気持が、判るもんですか？」

「判らないかも知れません。恐らく、判らないでしょう。しかし、私や社会に判らせるのが、母親である貴女がたの義務じゃありませんか。はずかしいからといって、傷口をかくしておいて、その痛みを判って欲しいと云うのは間違っていませんか？　どうして、この子を見てくれと、勇気を持って、云えないんですか？　そんなに、自分の子の姿が、はずかしいんですか？」

田島は、母親達の顔を見回した。答はない。重い沈黙のあとで、やっと一人が、田島に、視線を向けた。

「私は、あの子を、はずかしいとは思いません」

「それなら、何故？」

「二ヵ月前、或る週刊誌の方が来られて、あの子のお誕生日の写真を撮って行きました。でも、その写真は、雑誌に載らなかったんです」

「何故です？」

「あの子の写真を載せるのは、いけないことだというのです」

「一体誰が、そんな馬鹿なことを――？」

「お役所の方がです」

「判らないな」

「児童福祉法という法律に違反するんだそうです。不具奇形の児童を公衆の観覧に供してはならないという法律に――」

「馬鹿な――」

田島は、口元を歪めた。

「法律を、そんな風に杓子定規に当てはめてどうなるんです。問題は、子供達の幸福ということじゃありませんか。世間から、かくすことで、子供達が幸福になると思いますか？　世間の眼から、隔離した方がいいと思っているんですか？　そんなことはない筈です。アルドリンの子でも、総理大臣にでも、大実業家にでもなれる社会が望ましいのでしょう？　それなら、何故、戦わないんです？　役人が反対するなら、なおのこと貴女の子供の写真を皆に見せて、理解を求めないんですか？」

「――――」

返事はない。

田島は待った。だが、沈黙は、重くなるばかりだった。

田島は、その沈黙が前にぶつかった壁に似ていることに、気付いた。

ここでも、結局、同じことではないのか。沼沢は、「この村で生きていくには――」と云った。だが、彼は、但し書きをつける必要はなかったのだ。東京でも同じことではないか。社会的な問題が、どうしても社会全体の責任にまで発展していかない厚い壁が、ここにもある。

上に立つ者は、隔離し、かくすことが、解決だと錯覚している。眼をそむけることが、心の優しさだと錯覚している。そして、当事者の方でも、悲しみや怒りや不合理を、つつましく、自分だけのものとして受け止めてしまい、またそれが、美徳だと錯覚している。

ここに、何の解決があるだろう?

田島は、暗い眼で、署名簿を見た。署名するということは、その問題を、自分の問題として受け止めたことの、誓いである筈だ。名をつらねている署名者に、それが判っているだろうか。むしろ、署名することが、その問題から解放される免罪符だと、錯覚しているのではあるまいか。

そして、こうした錯覚の積み重ねが、今度の事件を生んだのだ。

田島は、廊下に出た。

特売場の喧騒が聞こえてくる。第二のアルドリン事件が起きないという保証は、何処にもない。いや、必ず起きるだろう。その時には、また同じ錯覚が、繰り返され、昌子のような娘が出てくるだろう。

田島が、疲れた足を引きずるようにして、階段をおりかけた時、彼を呼び止める声がした。

田島は、立ち止って、振り向いた。母親の一人が、蒼ざめた顔で、そこに立っていた。

「あの子の写真を撮って下さい」

と、母親は、云った。

「あの子のために――」

エピローグ

田島ハ空想スル。

重イ沈黙ノ壁ガ破ラレ、問題ガ、社会全体ノ問題トシテ、受ケ止メラレタ時ノコトヲ。

彼ハ、我々ヲ許スダロウ。我々全部ガ考エ、悩ミ、努力シタコトヲ知ッテ。ソシテ彼ハ、自分ガ聡明ニ生レタコトニ、喜ビヲ感ジルニ違イナイ。

田島ハ空想スル——

解説

仁木悦子（作家）

西村京太郎氏は、私にとって、きわめて興味のある作家である。

今日のように推理小説を書く作家の人数も増え、発行される中間小説誌や単行本の数もおびただしくなると、私たちの商売上で、しばしば困った現象が生じてくる。自分が書こうと考えていたプロットや、使うつもりで組立てておいたトリックを、ほかの人に先に使われてしまうのである。人間の考えることであるから似た発想のものが出てくるのはむしろ当然だし、全く偶然にそうなるのであるから誰を恨むわけにもいかないが、予定の材料がすでに用いられてしまっているのを発見したときのショックは、経験した者でなければわからないであろう。

西村氏を、興味ある作家と言った理由は、このように偶然先を越されてしまったケースのうち、回数の圧倒的に多いのが同氏の作品であったためで、そう聞いたら同氏は定めし驚かれることであろうが、私としては、幾らかのいまいましさと同時に、興味と親愛の情を氏の作品に対して抱いている。プロットやトリックがかち合うのは、発想の筋みちがどこか似ているということにほかならないのだから。

余談はさておき、「天使の傷痕」について語ろう。これは、昭和四十年度の江戸川乱歩賞を受けた長篇推理小説である。この作品は、主人公である若い新聞記者が恋人と二人でハイキングに行って、はからずも殺人事件に遭遇し、被害者が死にぎわに残した一言をもとに、生前の被害者に接触した人間たちを次々と追及していって、遂に真犯人を究明する、という、いわゆる「犯人探し」——本格推理小説の形式をとっている。

このような本格推理小説の解説は、本来たいへん書きにくいのが普通である。なぜなら、これらの作品の優劣は、トリックの独創性、犯人の意外さ、伏線の敷き方の巧みさなどにかかっているのだが、それらの点について具体的に論じると、肝心の部分の種明かしになって、読者が作品を読む際のせっかくの興趣が失われる結果を生じてしまう。本格作品に関する論評が、とかく靴の上からかゆい所をかくようなもどかしさを免れないのは、このためである。

しかるに、「天使の傷痕」の場合には、この種のジレンマには、あまり悩まされないですむようである。この作品は、意外性やトリックにおいてもすぐれているが、単にそういった技術的な面のみにはとどまらない、きらっと光る要素をもっている。それは、今日の社会のもつ残酷さに対する作者の抗議であり、重く非常な状況の中に圧し潰されようとしている人間たちに向ける眼のやさしさである。作品中の弱い人間たちは、自分たちに加えられる圧迫と闘ってそれをはね返そうとする代りに、その重圧をさらに一段と弱い者に向け、それを見捨て踏みにじることによって自らを救おうとする。そのへんの経緯を見つめる作者の視線と、若々しい怒りとが、この作品を単なる犯人探し以上のものに高めている。

ここで作者西村京太郎氏について、簡単に紹介すると、氏は昭和五年、東京に生まれた。第二次世界大戦中には陸軍幼年学校に在学したことがあるという。戦後、電機工業学校を卒業後、公務員、トラック運転手、私立探偵、保険外交員、競馬場警備員などさまざまな職業を経たあと、作家生活にはいった。

私は、ひとさまのプライバシーに立ち入る気はないし、第一、作家というものは、完成して発表された作品がすべてであると思っている。従って西村氏についても、氏の経歴とその作品とを無理に結びつけて云々しようとは思わない。ただ、一つ言うならば、氏はこれらの多彩な職業的遍歴を通じて、弱い者、貧しい者、圧迫されしいたげられた者の生きざまをしかと観察し、それらの人々に対する深い愛を養いながら、人間的成長を遂げてきたものと想像して誤りはないと思う。

「天使の傷痕」に取りあげられている社会的な問題は、今日ではさほど目新しいものではなくなったと言えるかもしれない。新聞紙上やそのほかの場でこれに類する悲劇を目にし耳にすることは珍しくないし、私個人としても似たような実例を数多く知っている。しかし、この作品が発表された昭和四十年には、まだこのような問題を正面きって取りあげた作品はほとんどなかったように思う。私は、感動をもって読み、ことに最後の幕切れのエピソードに心を打たれた記憶がある。そこに登場する、わが子の写真を撮ってくれと頼む母親は、物語の本筋と直接的にはなんの関係もない。が、これはこの物語の中の唯一の救いであり、このようなかたちで物語を締めくくりたかった作者の心が伝わってくる気がするのである。

このように言ったからといって、この作品は、いわゆる世にいう社会派推理小説ではない。いわゆる社会派と言われるものは、社会の悪と対決する人間を書くことをテーマとするリアリズムの作品群であるが、「天使の傷痕」は、先にも言ったとおり、読者が読み進みながら犯人は誰であろうかと考えたり、殺人方法は？　その動機は？　と推理する楽しみをも提供し得る配慮がなされている。ここにこの作者の著しい特色があるように思われる。作者西村氏は、遊びとしての推理小説にも、関心と情熱をもつ人なのである。

西村氏の諸作品は、大ざっぱに言って三つのグループに分けられるように思う。氏には、むしろ純文学と言ってよい味わいの深い短篇が幾つかあるが、長篇の推理小説作品だけについていうと、まずその第一のグループが社会的な問題を取扱ったものでであるが、特に「天使の傷痕」「D機関情報」「汚染海域」等がこれに当る。それぞれ特色をもつ佳作「D機関情報」は、第二次大戦中公務でヨーロッパに派遣された一海軍士官が、和平工作の秘密機関に接触してこれに共感するに至り、祖国日本が無謀な戦いに突入してゆくのを生命を賭して阻止しようとする物語で、プロットの組立てのうまさ、場面々々の緊迫感、そして読む者にひしひしと迫ってくる戦争批判の精神の純粋さにおいて、わが国のミステリ界で長く記憶されるべき価値をもっている。

第二のグループは、がらっと趣が変って、いわば「遊びの文学」と言ってよい性質をもっている。「殺しの双曲線」「名探偵なんか怖くない」等の一連の作品がこれに当る。「殺しの双曲線」は、作者が「私は長い間、前もって読者にトリックを明らかにしておいて本格推理小説を書いてみたいと思っていた。この作品では、第一頁にメイントリックが明らかにしてある。作者と読者とは完全に対等である。この挑戦に応じて欲しい」という意味のことを言っているように、推理小説の常識を破った形式で書き進められている。一卵性双生児の兄弟が、見分けがつかないほどよく似ている事実を利用して強盗を働き、警察もこの兄弟の犯行ということをつかんでいながら、二人のどちらのしたことか断定ができないためにみすみす逮捕に踏みきれない。この着想は如何にもユニイクだし、一方、強盗事件の続いている東京から遠く離れた東北の山荘で起きる連続殺人は、それ自体のもつ不可能興味と、この事件が双生児の強盗事件にどのようにかかわり合うのかという疑問とがからみあって、強烈なサスペンスを盛りあげている。交通も通信も途絶えた僻地で、しかも見ず知らずの人間同士の寄り集りの中で起きる連続殺人といえば、当然連想されるのはクリスティの「そして誰もいなくなった」だが、作者は意識的にこのクリスティの作品を原型として利用しており、それが人真似でない独創的なものになっていて、完全に脱帽させられた傑作である。

「名探偵なんか怖くない」は、これまた意表をついたエンターテインメントの作品である。クイーン、クリスティ、シムノン、江戸川乱歩の作品のそれぞれ主人公である、エラリー・クイーン、エルキュール・ポアロ、メグレ警部、明智小五郎の四人の名探偵が知恵を競い合う愉快な話である。この名探偵シリーズは、続篇が次々と出て読者を楽しませている。

上記二種の丁度中間に位置するものが第三のグループで、「ある朝　海に」「おれたちはブルースしか歌わない」「聖夜に死を」などの多くの作品がある。「ある朝　海に」は、南アフリカ共和国の黒人差別に憤慨する各国の若者たちが、千人近い観光客を乗せた豪華客船の乗っ取りを計画する話である。これも社会的な問題を根底においた作品だが、単に社会派風なゆき方にとどまらず、サスペンスの巧みな盛りあげによって、読者を楽しませる娯楽読み物としての面も十分効果をあげている。この作者の持ち味のよく発揮された作品といえよう。

さまざまな事情から、推理小説が、社会に関する問題提起や抗議の要素の強いものと、純粋な遊びの要素のみで成りたっているものとの二つに分離しやすくなっている今日、この二つのどちらにも情熱をもち、またその二つを一つの作品に融合させる才能の持ち主である西村氏の存在は貴重である。

たとえ発想がかち合っても、先を越されてもいいから、私は同氏のよりすぐれた作品の発表を、切に期待しているのである。

本書は一九七六年五月に小社より刊行した文庫版の新装版です。

新装版《しんそうばん》 天使《てんし》の傷痕《しょうこん》
西村京太郎《にしむらきょうたろう》

2015年2月13日第1刷発行
2021年7月28日第2刷発行

発行者――鈴木章一
発行所――株式会社 講談社
東京都文京区音羽2-12-21 〒112-8001
電話 出版 (03) 5395-3510
販売 (03) 5395-5817
業務 (03) 5395-3615

Printed in Japan

講談社文庫
定価はカバーに
表示してあります

KODANSHA

デザイン―菊地信義
本文データ制作―講談社デジタル製作
印刷―――豊国印刷株式会社
製本―――株式会社国宝社

ISBN978-4-06-293020-8

講談社文庫刊行の辞

二十一世紀の到来を目睫に望みながら、われわれはいま、人類史上かつて例を見ない巨大な転換期をむかえようとしている。

世界も、日本も、激動の予兆に対する期待とおののきを内に蔵して、未知の時代に歩み入ろうとしている。このときにあたり、創業の人野間清治の「ナショナル・エデュケイター」への志を現代に甦らせようと意図して、われわれはここに古今の文芸作品はいうまでもなく、ひろく人文・社会・自然の諸科学から東西の名著を網羅する、新しい綜合文庫の発刊を決意した。

激動の転換期はまた断絶の時代である。われわれは戦後二十五年間の出版文化のありかたへの深い反省をこめて、この断絶の時代にあえて人間的な持続を求めようとする。いたずらに浮薄な商業主義のあだ花を追い求めることなく、長期にわたって良書に生命をあたえようとつとめるところにしか、今後の出版文化の真の繁栄はあり得ないと信じるからである。

同時にわれわれはこの綜合文庫の刊行を通じて、人文・社会・自然の諸科学が、結局人間の学にほかならないことを立証しようと願っている。かつて知識とは、「汝自身を知る」ことにつきていた。現代社会の瑣末な情報の氾濫のなかから、力強い知識の源泉を掘り起し、技術文明のただなかに、生きた人間の姿を復活させること。それこそわれわれの切なる希求である。

われわれは権威に盲従せず、俗流に媚びることなく、渾然一体となって日本の「草の根」をかたちづくる若く新しい世代の人々に、心をこめてこの新しい綜合文庫をおくり届けたい。それは知識の泉であるとともに感受性のふるさとであり、もっとも有機的に組織され、社会に開かれた万人のための大学をめざしている。大方の支援と協力を衷心より切望してやまない。

一九七一年七月

野間省一

中井英夫　新装版 虚無への供物(上)(下)
中島らも　僕にはわからない
中島らも　今夜、すべてのバーで〈新装版〉
鳴海　章　フェイスブレイカー
鳴海　章　謀略航路
鳴海　章　全能兵器AiCO《アイコ》
中嶋博行　ホカベン　ボクたちの正義
中嶋博行　新装版 検察捜査
中嶋博行　新検察捜査
中村天風　運命を拓く〈天風瞑想録〉
中山康樹　ジョン・レノンから始まるロック名盤
梨屋アリエ　でりばりぃAge
梨屋アリエ　ピアニッシシモ
中島京子　妻が椎茸だったころ
中島京子ほか　黒い結婚　白い結婚
奈須きのこ　空の境界(上)(中)(下)
中村彰彦　乱世の名将　治世の名臣
長野まゆみ　簞笥のなか
長野まゆみ　レモンタルト

長野まゆみ　チマチマ記
長野まゆみ　冥途あり
長野まゆみ　45°〈ここだけの話〉
長嶋　有　夕子ちゃんの近道
長嶋　有　佐渡の三人
永嶋恵美　擬態
永井　均　内田かずひろ 絵　子どものための哲学対話
なかにし礼　戦場のニーナ
なかにし礼　生きる力〈心でがんに克《か》つ〉
なかにし礼　夜の歌(上)(下)
中村文則　最後の命
中村文則　悪と仮面のルール
中田整一 編/解説　真珠湾攻撃総隊長の回想〈淵田美津雄自叙伝〉
中田整一　四月七日の桜〈戦艦「大和」と伊藤整一の最期〉
中村江里子　女四世代、ひとつ屋根の下
中野美代子　カスティリオーネの庭
中野孝次　すらすら読める方丈記
中野孝次　すらすら読める徒然草
中山七里　贖罪の奏鳴曲《ソナタ》

中山七里　追憶の夜想曲《ノクターン》
中山七里　恩讐の鎮魂曲《レクイエム》
中山七里　悪徳の輪舞曲《ロンド》
長島有里枝　背中の記憶
長浦　京　赤刃《セキジン》
長浦　京　リボルバー・リリー
中脇初枝　世界の果てのこどもたち
中脇初枝　神の島のこどもたち
中村ふみ　天空の翼　地上の星
中村ふみ　砂の城　風の姫
中村ふみ　月の都　海の果て
中村ふみ　雪の王　光の剣
中村ふみ　永遠《とわ》の旅人　天地の理《ことわり》
中村ふみ　大地の宝玉　黒翼《こくよく》の夢
夏原エキジ　Cocoon〈修羅の目覚め〉
夏原エキジ　Cocoon2〈蠱惑の焔〉
夏原エキジ　Cocoon3〈幽世の祈り〉
夏原エキジ　Cocoon4〈宿縁の大樹〉
西村京太郎　華麗なる誘拐

講談社文庫　目録

西澤保彦　麦酒《ばくしゅ》の家の冒険
西澤保彦　新装版 瞬間移動死体
西村　健　ビ　ン　ゴ
西村　健　地の底のヤマ(上)(下)
西村　健　光陰の刃《やいば》(上)(下)
西村　健　目　撃
楡　周平　陪審法廷
楡　周平　宿　命〈ワンス・アポン・ア・タイム・イン・東京〉(上)(下)
楡　周平　血　戦〈ワンス・アポン・ア・タイム・イン・東京2〉
楡　周平　修羅の宴(上)(下)
楡　周平　レイク・クローバー(上)(下)
楡　周平　バ　ル　ス
西尾維新　クビキリサイクル〈青色サヴァンと戯言遣い〉
西尾維新　クビシメロマンチスト〈人間失格・零崎人識〉
西尾維新　クビツリハイスクール〈戯言遣いの弟子〉
西尾維新　サイコロジカル(上)〈兎吊木垓輔の戯言殺し〉(下)〈曳かれ者の小唄〉
西尾維新　ヒトクイマジカル〈殺戮奇術の匂宮兄妹〉
西尾維新　ネコソギラジカル(上)〈十三階段〉
西尾維新　ネコソギラジカル(中)〈赤き征裁 vs.橙なる種〉

西尾維新　ネコソギラジカル(下)〈青色サヴァンと戯言遣い〉
西尾維新　ダブルダウン勘繰郎《かんぐりろう》 トリプルプレイ助悪郎《スケアクロウ》
西尾維新　零崎双識の人間試験
西尾維新　零崎軋識《ぜろざききししき》の人間ノック
西尾維新　零崎曲識の人間人間
西尾維新　零崎人識の人間関係 匂宮出夢との関係
西尾維新　零崎人識の人間関係 無桐伊織との関係
西尾維新　零崎人識の人間関係 零崎双識との関係
西尾維新　零崎人識の人間関係 戯言遣いとの関係
西尾維新　xxxHOLiC アナザーホリック ランドルト環《かん》エアロゾル
西尾維新　難　民　探　偵
西尾維新　少女不十分
西尾維新　本　題〈西尾維新対談集〉
西尾維新　掟上今日子《おきてがみきょうこ》の備忘録
西尾維新　掟上今日子の推薦文
西尾維新　掟上今日子の挑戦状
西尾維新　掟上今日子の遺言書
西尾維新　掟上今日子の退職願
西尾維新　掟上今日子の婚姻届

西尾維新　新本格魔法少女りすか
西尾維新　新本格魔法少女りすか2
西尾維新　新本格魔法少女りすか3
西尾維新　人類最強の初恋
西尾維新　人類最強の純愛
西村賢太　どうで死ぬ身の一踊り
西村賢太　夢　魔　去　り　ぬ
西村賢太　藤澤清造追影
仁木英之　まほろばの王たち
西川善文　ザ・ラストバンカー〈西川善文回顧録〉
西川　司　向日葵《ひまわり》のかっちゃん
西　加奈子　舞　台
貫井徳郎　新装版 修羅の終わり(上)(下)
貫井徳郎　妖　奇　切　断　譜
貫井徳郎　被害者は誰?
額賀　澪　完　パ　ケ　!
A・ネルソン　「ネルソンさん、あなたは人を殺しましたか?」
法月綸太郎　雪　密　室
法月綸太郎　法月綸太郎の冒険

講談社文庫　目録

講談社文庫　目録

濱　嘉之　ヒトイチ　警視庁人事一課監察係
濱　嘉之　ヒトイチ　画像解析〈警視庁人事一課監察係〉
濱　嘉之　ヒトイチ　内部告発〈警視庁人事一課監察係〉
濱　嘉之　カルマ真仙教事件 (上)(中)(下)
濱　嘉之　新装版院内刑事《デカ》
濱　嘉之　新装版院内刑事〈ブラック・メディスン〉
濱　嘉之　院内刑事〈フェイク・レセプト〉
濱　嘉之　院内刑事　ザ・パンデミック
馳　星周　ラフ・アンド・タフ
畠中　恵　アイスクリン強し
畠中　恵　若様組まいる
畠中　恵　若様とロマン
葉室　麟　風渡る
葉室　麟　風の軍師〈黒田官兵衛〉
葉室　麟　星火瞬く
葉室　麟　陽炎《かげろう》の門
葉室　麟　紫匂う
葉室　麟　山月庵茶会記
葉室　麟　津軽双花

長谷川　卓　獄《がく》〈上・白銀《しろがね》渡り〉〈下・湖底の黄金〉神《じん》
長谷川　卓　獄神伝《がくじんでん》　無坂《むさか》 (上)(下)
長谷川　卓　獄神伝《がくじんでん》　孤猿《こえん》 (上)(下)
長谷川　卓　獄神伝《がくじんでん》　鬼哭《きこく》 (上)(下)
長谷川　卓　獄神列伝　逆渡《さかわた》り
長谷川　卓　獄《がく》神《じん》伝《でん》　血路
長谷川　卓　獄《がく》神《じん》伝《でん》　死地
長谷川　卓　獄神伝　風花 (上)(下)
原田マハ　夏を喪くす
原田マハ　風のマジム
原田マハ　あなたは、誰かの大切な人
羽田圭介　コンテクスト・オブ・ザ・デッド
花房観音　恋塚
畑野智美　海の見える街
畑野智美　南部芸能事務所
畑野智美　南部芸能事務所 season2　メリーランド
畑野智美　南部芸能事務所 season3　春の嵐
畑野智美　南部芸能事務所 season4　オーディション
畑野智美　南部芸能事務所 season5　コンビ

早見和真　東京ドーン
はあちゅう　半径5メートルの野望
はあちゅう　通りすがりのあなた
早坂　吝《やぶさか》　○○○○○○○○殺人事件
早坂　吝　虹の歯ブラシ〈上木《かみき》らいち発散〉
早坂　吝　誰も僕を裁けない
早坂　吝　双蛇《そうじゃ》密室
浜口倫太郎　22年目の告白〈—私が殺人犯です—〉
浜口倫太郎　廃校先生
浜口倫太郎　A　I　崩壊
原田伊織　明治維新という過ち〈日本を滅ぼした吉田松陰と長州テロリスト〉
原田伊織　列強の侵略を防いだ幕臣たち〈続・明治維新という過ち〉
原田伊織　虚像の西郷隆盛　虚構の明治150年〈明治維新という過ち・完結編〉
原田伊織　三流の維新　一流の江戸〈明治は「徳川近代」の模倣に過ぎない〉
萩原はるな　50回目のファーストキス
葉真中《はまなか》　顕《あき》　ブラック・ドッグ
原　雄一　宿命〈國松警察庁長官を狙撃した男・捜査完結〉
平岩弓枝　花嫁の日
平岩弓枝　花祭

平岩弓枝 青の伝説
平岩弓枝 はやぶさ新八御用旅(一)〈東海道五十三次〉
平岩弓枝 はやぶさ新八御用旅(二)〈中仙道六十九次〉
平岩弓枝 はやぶさ新八御用旅(三)〈日光例幣使道の殺人〉
平岩弓枝 はやぶさ新八御用旅(四)〈北前船の事件〉
平岩弓枝 はやぶさ新八御用旅(五)〈諏訪の妖狐〉
平岩弓枝 はやぶさ新八御用旅(六)〈紅花染め秘帳〉
平岩弓枝 新装版 はやぶさ新八御用帳(一)〈大奥の恋人〉
平岩弓枝 新装版 はやぶさ新八御用帳(二)〈江戸の海賊〉
平岩弓枝 新装版 はやぶさ新八御用帳(三)〈又右衛門の女房〉
平岩弓枝 新装版 はやぶさ新八御用帳(四)〈鬼勘の娘〉
平岩弓枝 新装版 はやぶさ新八御用帳(五)〈御守殿おたき〉
平岩弓枝 新装版 はやぶさ新八御用帳(六)〈春月の雛〉
平岩弓枝 新装版 はやぶさ新八御用帳(七)〈寒椿の寺〉
平岩弓枝 新装版 はやぶさ新八御用帳(八)〈春怨 根津権現〉
平岩弓枝 新装版 はやぶさ新八御用帳(九)〈王子稲荷の女〉
平岩弓枝 新装版 はやぶさ新八御用帳(十)〈幽霊屋敷の女〉
東野圭吾 放課後
東野圭吾 卒業
東野圭吾 学生街の殺人
東野圭吾 魔球
東野圭吾 十字屋敷のピエロ
東野圭吾 眠りの森
東野圭吾 宿命
東野圭吾 変身
東野圭吾 仮面山荘殺人事件
東野圭吾 天使の耳
東野圭吾 ある閉ざされた雪の山荘で
東野圭吾 同級生
東野圭吾 名探偵の呪縛
東野圭吾 むかし僕が死んだ家
東野圭吾 虹を操る少年
東野圭吾 パラレルワールド・ラブストーリー
東野圭吾 天空の蜂
東野圭吾 どちらかが彼女を殺した
東野圭吾 名探偵の掟
東野圭吾 悪意
東野圭吾 私が彼を殺した
東野圭吾 嘘をもうひとつだけ
東野圭吾 時生
東野圭吾 赤い指
東野圭吾 流星の絆
東野圭吾 新装版 浪花少年探偵団
東野圭吾 新装版 しのぶセンセにサヨナラ
東野圭吾 新参者
東野圭吾 麒麟の翼
東野圭吾 パラドックス13
東野圭吾 祈りの幕が下りる時
東野圭吾 危険なビーナス
東野圭吾作家生活25周年祭り実行委員会 東野圭吾公式ガイド〈読者1万人が選んだ東野作品人気ランキング発表〉
東野圭吾作家生活35周年実行委員会 編 東野圭吾公式ガイド〈作家生活35周年ver.〉
平野啓一郎 高瀬川
平野啓一郎 ドーン
平野啓一郎 空白を満たしなさい(上)(下)
百田尚樹 永遠の0《ゼロ》
百田尚樹 輝く夜
百田尚樹 風の中のマリア

講談社文庫　目録

百田尚樹　影 法 師
百田尚樹　ボックス！(上)(下)
百田尚樹　海賊とよばれた男(上)(下)
平田オリザ　十六歳のオリザの冒険をしるす本
平田オリザ　幕が上がる
東　直子　さようなら窓
蛭田亜紗子　凜
樋口卓治　ボクの妻と結婚してください。
樋口卓治　続・ボクの妻と結婚してください。
樋口卓治　もう一度、お父さんと呼んでくれ。
樋口卓治　「ファミリーラブストーリー」
樋口卓治　喋 る 男
平山夢明　魂《たま》豆《どう》腐《ふ》〈大江戸怪談どたんばたん(土壇場譚)〉
東川篤哉　純喫茶「一服堂」の四季
東山彰良　流《りゅう》
東山彰良　女の子のことばかり考えていたら、1年が経っていた。
樋口直哉　偏差値68の目玉焼き〈星ヶ丘高校料理部〉
平田研也　小さな恋のうた
日野　草　ウエディング・マン

藤沢周平　新装版 春秋の檻〈獄医立花登手控え(一)〉
藤沢周平　新装版 風雪の檻〈獄医立花登手控え(二)〉
藤沢周平　新装版 愛憎の檻〈獄医立花登手控え(三)〉
藤沢周平　新装版 人間の檻〈獄医立花登手控え(四)〉
藤沢周平　新装版 闇の歯車
藤沢周平　新装版 市 塵(上)(下)
藤沢周平　新装版 決闘の辻
藤沢周平　新装版 雪明かり
藤沢周平　義民が駆ける〈レジェンド歴史時代小説〉
藤沢周平　喜多川歌麿女絵草紙
藤沢周平　闇 の 梯 子
藤沢周平　長門守の陰謀
船戸与一　新装版 カルナヴァル戦記
藤田宜永　樹下の想い
藤田宜永　女系の総督
藤田宜永　血 の 弔 旗
藤田宜永　大 雪 物 語
藤　水名子　紅 嵐 記(上)(中)(下)
藤原伊織　テロリストのパラソル

藤本ひとみ　新・三銃士 少年編・青年編〈ダルタニャンとミラディ〉
藤本ひとみ　皇妃エリザベート
福井晴敏　亡国のイージス(上)(下)
福井晴敏　川 の 深 さ は
福井晴敏　終戦のローレライ I〜IV
藤原緋沙子　遠 花 火〈見届け人秋月伊織事件帖〉
藤原緋沙子　春《はる》疾《はや》風《て》〈見届け人秋月伊織事件帖〉
藤原緋沙子　暖《ぬく》め鳥《どり》〈見届け人秋月伊織事件帖〉
藤原緋沙子　霧 の 路《みち》〈見届け人秋月伊織事件帖〉
藤原緋沙子　鳴《なる》子《こ》守《もり》〈見届け人秋月伊織事件帖〉
藤原緋沙子　夏 ほ た る〈見届け人秋月伊織事件帖〉
藤原緋沙子　笛 吹 川〈見届け人秋月伊織事件帖〉
藤原緋沙子　青《せい》嵐《らん》〈見届け人秋月伊織事件帖〉
椹野道流　亡 羊 の 嘆〈鬼籍通覧〉
椹野道流　新装版 暁 天 の 星〈鬼籍通覧〉
椹野道流　新装版 無《む》明《みょう》の 闇〈鬼籍通覧〉
椹野道流　新装版 壺《こ》中《ちゅう》の 天〈鬼籍通覧〉
椹野道流　新装版 隻《せき》手《しゅ》の 声〈鬼籍通覧〉
椹野道流　新装版 禅《ぜん》定《じょう》の 弓〈鬼籍通覧〉

講談社文庫　目録

2021年6月15日現在